W0330256

Mes Ailes

CLÉMENTINE CÉLARIÉ

Mes Ailes

Michel Lafon

© Éditions Michel Lafon, 2007
7-13, boulevard Paul-Émile-Victor – Île de la Jatte
92521 Neuilly-sur-Seine Cedex
www.michel-lafon.com

© Clémentine Célarié, pour les droits réservés.

Je dédie ce livre à ceux
qui me font vivre et grandir…
Ma maman, mon papa, mes frères et mes trois fils.
Frédo, Laurent G. et tous les amis
qui sont chers à mon cœur…

Je le dédie aussi à celui (ou celle) que je croise
parfois dans la rue parce qu'il me reconnaît
et qu'il me donne, en quelques secondes, une dose
d'amour aussi forte que l'amour de toute une vie
et que, du coup, il m'aide à continuer.

Je dédie enfin ce livre à tous les êtres
qui s'appliquent à être humains.

Quand j'étais petite, je me faisais engueuler par la maîtresse parce que je changeais tout le temps d'écriture. Ça l'énervait, elle trouvait que c'était mal.

Je crois que je m'amusais à essayer ainsi de nouvelles formes de lettres, de nouvelles formes tout court. Et je ne comprenais pas pourquoi ça ne lui plaisait pas…

Être différente chaque jour, réinventer chaque jour, changer, transformer, la surprendre, c'était plutôt ça que je voulais… C'était ça, la vie, de toute façon, non ?

La maîtresse voyait apparemment les choses autrement.

Je ne savais pas, à l'époque, que ce n'était que le début des problèmes. Avoir une écriture qui penchait à gauche le lundi, à droite le mardi, qui devenait ensuite toute droite le mercredi, très grosse le jeudi et très mince le vendredi, ça n'amusait vraiment que moi. C'était « un signe de déséquilibre », avait dit mon institutrice à maman. Bon.

Aujourd'hui je suis grande. Et peut-être encore plus déséquilibrée. Car je vais refaire la même chose pour mon livre…

Et puis j'ai envie de dire à ma maîtresse, qui doit être sous terre, la pauvre, que même si je suis déséquilibrée, je suis heureuse. Parce que je vous écris, à vous.

Et vous, vous me laisserez prendre toutes les formes d'écriture que je veux.

Meryem Clémentine

1

Mes ailes

Parfois je me dis que je suis née avec des ailes.

Mes parents ont dû penser à quelque chose d'extraordinaire pour m'avoir. Ou l'un d'eux, je ne sais pas, je n'y étais pas, enfin pas tout à fait.

En tout cas, il m'arrive de les sentir, ces ailes.

De plus en plus souvent.

Elles viennent, comme ça, pousser dans mon dos, sans que je m'en rende compte. Je n'ai pas besoin de les appeler.

Elles viennent pour me protéger de mes émotions parfois trop fortes ou déplacées, joyeuses ou très tristes, qui pourraient me faire tomber dans un ravin ou dans un puits sans fond…

Elles viennent, comme des fées volantes, elles s'accrochent à mon dos et me portent.

Elles me font aussi voler la nuit dans mes rêves, et quand je suis triste et au bord de la falaise, même si je saute, elles m'empêchent de m'écraser.

Quelquefois je prends mes ailes pour une forme d'idéalisme.

Idéaliste, moi ? Je crois. Ou inconsciente.

Mes ailes sont venues ce matin, par exemple…

Aujourd'hui c'est lundi 19 février, lendemain de l'anniversaire de ma petite maman qui m'a présenté un homme qui rend mon cœur parfois bien lourd, bien perdu, bien sens dessus dessous, et ce pour la première fois.

D'habitude je quitte les êtres humains du genre masculin quand ils commencent à me faire des tracas. Je trouve ça inutile, les ennuis d'amour, et l'amour n'est pas fait pour ça, alors je pars et puis c'est tout.

Et surtout, je ne peux pas me payer le luxe d'être triste par amour, ah ça non, sûrement pas. C'est comme d'aller se faire faire une manucure des pieds ou une manucure tout court.

Un chagrin d'amour, non mais et puis quoi encore ? Pourquoi pas une thalassothérapie ou une partie de bridge ?

Pas le temps.

D'ailleurs je ne comprends pas les femmes ou les hommes qui s'accrochent à un être humain qui ne les traite pas bien. Je ne comprends pas. L'amour est une invention dont ils sont responsables et qui n'existerait pas sans l'un et l'autre, alors si l'un d'eux ne veut plus participer à la fabrication de cet amour, eh bien ça le regarde. Et surtout, l'amour n'existe plus.

Alors pourquoi l'autre s'y accroche-t-il ?

Puisqu'il n'existe plus !

Bon, ne nous étalons pas là-dessus, c'était une petite digression.

Mais « quand même, il serait temps d'avoir un chagrin d'amour à cinquante ans, et à cet âge, ça vaut le coup d'en parler… », me direz-vous. Oui, répondrai-je, bien sûr, mais ce sont des choses qui ne se commandent pas, les chagrins d'amour.

Et paf, j'en ai un qui me tombe dessus.

Et pas n'importe quel chagrin d'amour…

Parce que ce n'est pas n'importe quelle rencontre, sans doute.

Un bien gros chagrin qui fait des bonnes vagues, des torrents, avec des orages violents qui déracinent les arbres, font se coucher les fleurs, saccagent tout ce qui était en train de germer, arrachent le toit des maisons, dévastent tout…

Mais heureusement pas mes ailes.

Sinon, je mourrais. Ben oui.

Et c'est précisément là qu'elles entrent en jeu…

J'ai mes trois amis, frères, compagnons de vie, partenaires, alliés, fils… Je ne peux pas mourir.

J'ai besoin d'eux, ils ont besoin de moi, mes ailes le savent, alors elles ne me quittent jamais.

Et je me dis : l'amour terrestre, je veux dire entre un homme et une femme, ce n'est pas pour moi, je n'y arrive pas bien, et ce n'est pas plus grave que ça…

Pas étonnant que j'aie voulu être bonne soeur.

2

L'amour 1

Je vois trop de choses dans l'amour.

Je le vois si grand, si pur, si immense. Si important.

À mes yeux, l'amour c'est la base de tout, partout et tout le temps.

Je me rends compte en vous écrivant que l'amour est la première chose qui me fait lever le matin, et vivre…

J'aime aimer… J'ai besoin d'aimer.

J'arrive à le faire avec mes enfants. Les aimer est la chose la plus simple, la plus facile au monde, la plus géniale. Mais pour ce qui est d'aimer un homme, ça m'a l'air vraiment beaucoup plus compliqué…

Je ne comprends pas bien pourquoi mais j'y réfléchis souvent.

Un jour je trouverai.

Je me vois régulièrement vieille et seule avec plein de sacs en plastique, marchant au gré du vent, sous des ponts, au bord des rivières, en Bretagne comme madame Prat.

Madame Prat était une vieille dame dont on disait qu'elle habitait l'Île-Vierge, un endroit exceptionnel qui ressemble à une île mais qui n'en est pas une, une espèce de falaise avec des joncs, des bruyères, des chardons, des fougères, quelques pins et une sorte de bord de mer très pentu. Un lieu sauvage où personne n'aurait jamais mis les pieds.

Madame Prat, paraît-il, avait une maison en carton quelque part sur la falaise et vivait de rien.

Elle ne voyait personne. Maman m'avait raconté que personne ne l'aimait. Ou bien était-ce elle qui n'aimait personne, je ne sais plus…

En tout cas c'était un vrai ermite.

Je dois être influencée par ce que j'imagine de sa vie.

Je la vois comme dans les films de Charlot, avec son poêle et rien à se mettre, pas grand-chose à manger, mais s'en foutant tant qu'on la laissait tranquille…

Ce qu'on m'a raconté de cette vieille dame me fascine.

Comme Maude. Maude aussi me fascine.

Maude de *Harold et Maude*. Je me suis dit récemment, en revoyant le film que je montrais à mes fils, que j'avais toujours eu envie de leur ressembler, à toutes les deux… Sauf que Maude, elle est tombée amoureuse, et morte amoureuse, d'un jeune homme de vingt ans, qui aurait pu être son petit-fils. Mais qui n'était pas son petit-fils.

Aujourd'hui je suis perdue dans un amour sentimental merveilleux qui ne me donne pas forcément à voir les signes d'un amour tranquille et paisible sur-lequelon-peut-s'allonger-comme-sur-une-herbe-fraîche-avec-plein-d'arbres-partout-et-regarder-le-ciel-bleu-tacheté-de-petits-nuages-discrets-qui-passent-doucement...

Non, ce n'est pas aujourd'hui cette sorte d'amour.

Ça l'a été mais ça ne l'est plus. Car il y a l'absence qui me fait tellement mal qu'elle me paralyse littéralement. Le manque qui vous grignote et qui devient insupportable.

Alors les effets secondaires de cet amour si pur deviennent terriblement douloureux.

Aujourd'hui c'est plutôt un amour qui me donne froid ou très chaud, des vertiges, des fièvres, et qui ressemble à une drogue, et qui fait mal comme si on vous enlevait le cœur et qu'on le découpait puis qu'on le recousait, puis qu'on jouait au ballon avec, puis qu'on le posait quelque part comme si on l'avait oublié, puis qu'on lui disait « Hé, Cœur, il faut arrêter d'être agité comme ça ! Il n'y a pas que l'amour dans la vie ! Il n'y a pas que se battre pour quelqu'un d'autre, il faut se battre tout seul, bien gentiment, dans son coin, sans trop faire de bruit, et ça ira très bien comme ça ! »... Bon d'accord, alors il faut entraîner son cœur à faire ça, mais le mien ne veut pas, il ne voudra jamais, je le connais, c'est mon cœur.

Qu'est-ce que c'est chiant un cœur agité et toujours bien réveillé, jamais fatigué !

Excessif ! Voilà, un cœur excessif... Qui emploie sans arrêt des superlatifs... C'est épuisant et ça m'énerve qu'il soit comme ça, mais je suis impuissante face à ses réactions, complètement incapable de le raisonner.

Il devrait y avoir des centres de rééducation de cœurs, d'ailleurs…

Des cœurs meurtris , des cœurs trop agités , des cœurs abîmés , des cœurs trop gourmands .

Mon cœur est trop grand par rapport à tout le reste de mes organes, et finalement ça pose un problème.

Mon cœur se lève le matin toujours avec l'envie d'aimer, surtout s'il a trouvé un autre cœur avec lequel il se sent heureux comme il ne l'a jamais été…

Toute la journée c'est comme ça, et quand il n'y a pas un autre cœur à aimer, quand il n'y a pas un autre cœur avec qui parler, eh bien il parle tout seul, dans mes mains, il me dicte des mots, plein de mots, à donner. Ça s'appelle vulgairement écrire sur un ordinateur, et mon cœur se dit que ses mots, ils arriveront bien quelque part, même à un cœur inconnu, et que c'est mieux de parler à un cœur inconnu que de ne pas parler du tout.

C'est pour ça que mes mains écoutent et écrivent ce que mon cœur leur dicte…

Mais quand il est malmené, inquiet, j'ai remarqué que quelque chose se passe, quelque chose d'exceptionnel peut-être : je sens que des ailes lui poussent, à lui aussi.

Des ailes plus grandes que celles qu'il porte déjà.

Des ailes qui vont le sauver.

Le porter plus haut,
toujours plus haut,
loin,
dans les nuages clairs et l'infini du ciel.

C'est comme si mon cœur mourait sans mourir.

Heureusement qu'il est comme ça, sinon il y a longtemps qu'on ne serait plus là, ni lui ni moi.

Parce qu'à force d'avoir envie d'aimer, toujours – et je ne parle pas là d'un amour « amoureux », comme on dit, d'un amour sentimental, mais juste aimer quelqu'un qu'on rencontre comme ça, dans le travail, quelqu'un qu'on va croiser, n'importe qui, même une dame qui tient un magasin chez qui on va acheter une robe par exemple, ou un bout de pain, ou même un flic à qui on demande son chemin... –, je finis par penser qu'autour de moi tous les gens sont gentils, par avoir confiance en eux, j'ai envie de croire que ce sont des personnes bien, aimables, sincères et pures.

Oui, je pense toujours de prime abord quand je rencontre quelqu'un, quelle que soit la circonstance, qu'il ou elle va être plein de bonnes intentions, désintéressé, franc, droit. Et *pur*…

Vous imaginez le bordel que ça peut faire quelquefois.

Pourtant je vous promets que je n'en rajoute pas et que c'est la stricte vérité.

Ça doit être mon côté Jésus… Je sais pas pourquoi j'ai un côté Jésus comme ça. À vouloir croire que tout le monde est pur alors que je vois bien que non, quand même…

C'est ce côté Jésus que j'appelle mes ailes.

L'amour est mon grand cheval, un cheval spécial, ou plutôt un animal très fort, qui vole, à l'image de ceux qu'on voit dans certains jeux vidéo d'ordinateur. J'en ai vu une fois chez l'homme que j'aime et son fils. Ces animaux s'appelaient des griffons, ils avaient des corps de centaure avec des ailes…

J'ai peut-être des ailes parce que le monde de l'imaginaire est pour moi le monde réel.

C'est dans ce monde que j'aime être, évoluer, vivre, pleinement.

C'est dans ce monde que j'emmène mes enfants, c'est dans ce monde que je suis heureuse…

Le monde des idées qu'on invente, des rêves qu'on fait la nuit, qu'on essaye de réaliser le jour, ce monde qu'on fabrique avec toutes ces petites pensées, ces balades mentales, ces divagations, ces songes du matin, de la nuit, du soir quand on s'endort… Ce sont ces pensées-là qui sont les plus importantes.

Nous avons tout un tas de petits bonshommes et petites dames très actifs qui s'agitent à longueur de journées dans nos corps et que nous ne voyons pas mais sans qui nous serions à terre, gisant sur le sol, incapables de faire quoi que ce soit.

Si les gens savaient ça et s'ils se penchaient là-dessus, ils vivraient mieux…

Oui, si tout le monde se réveillait le matin en écoutant, ne serait-ce que deux minutes, ses premières pensées, celles qui naviguent entre le conscient et l'inconscient, les messages de ces petits habitants de nos têtes et de nos sens, la vie serait plus belle, je vous le promets. J'en ai fait l'expérience à plusieurs reprises.

Je ne sais pas si je fabrique mes rêves ou s'ils existent indépendamment de moi et qu'ils viennent dans moi.

Je ne sais pas si le monde dans lequel je vis quand je

rêve la nuit est un monde qui existe à part entière et que je vais visiter, ou si c'est moi qui l'invente.

Quand j'étais petite j'avais un rêve éveillé, c'était d'avoir des enfants pour me faire de vrais amis pour toujours. J'ai aujourd'hui trois vrais amis pour toujours. Mes fils…

Quand j'étais petite, je ne voulais jamais quitter les rêves que je faisais avec le Petit Prince.

Et Pierre et le Loup.

Et Jean de la Lune.

Et toutes les histoires que me racontait maman…

Et je voulais écouter d'abord mes petites personnes intérieures.

Je fais aujourd'hui un spectacle où j'essaye de faire rêver les gens autant que je rêvais. Je suis comédienne, et je tente de continuer à faire vivre mes rêves, ou bien à faire vivre les histoires inventées, les personnages imaginaires qu'on me donne à interpréter, à faire *vivre*…

Et j'y mets toute ma vie, à fond, je mets tout ce que j'ai.

Je trouve que c'est la seule chose vraiment intéressante.

L'imaginaire est absolu parce qu'il est imaginaire.

C'est l'absolu que je veux vivre, pas le relatif.

On me le reproche, mais je ne peux pas faire autrement.

Ma voiture est toute cabossée, pleine de vieux emballages de sandwich, de bouts de papier, de trucs qui traînent et qui font sale. Vraiment, non vraiment, elle n'est pas jolie à voir de l'extérieur, pas du tout présentable, mais l'autre jour, en tournée de mon spectacle à Briec, j'ai vécu et reçu un raz-de-marée d'amour que des êtres qui ont de très belles voitures bien lavées aux carrosseries rutilantes ne connaîtront peut-être jamais.

Les objets n'existent pas pour moi, ce n'est pas ma faute.

Ma voiture existe parce qu'elle nous déplace, c'est tout, son allure n'a aucune espèce d'importance pour moi. Vraiment aucune.

Et pour dire la vérité, moi, je la trouve jolie comme ça, cabossée comme moi. Ces coups, ce sont ses jolies rides de vie…

Ma voiture a des rides, voilà.

Elle est *relativement* déglinguée mais, dans l'*absolu*, elle a vécu. Et j'aime ça.

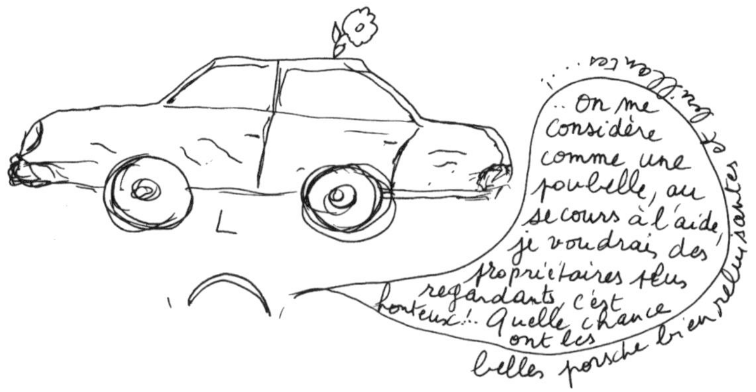

L'imaginaire me sauve, aller dans son monde me donne envie de continuer à vivre. S'il n'existait pas, ce monde-là, je ne sais pas où j'aurais été m'enfuir…

Aujourd'hui, j'ai beaucoup écrit de mots nouveaux pour mon livre. Il m'a suffi d'ouvrir une porte. Derrière cette porte, il y a l'autre monde. Juste là…

Heureusement que je l'ai, cette porte !

C'est pour ça que je ne vois jamais personne.

C'est vrai, je n'ai pas du tout de vie « sociale » comme on dit. Parce que je passe mon temps avec mes enfants et mon ordinateur.

Il y en a qui sont avec leur mari, leur chien, leurs copines, leur rendez-vous chez le coiffeur, tout ce qu'on veut, moi c'est mon ordinateur. Pendant que mes enfants sont à l'école, je tape et je retape et je tape encore, c'est comme si je faisais de la musique parlante. J'en ai besoin, profondément.

Non, je ne vois personne. Quand je dis ça aux gens, ils prennent un air dépité et me regardent avec une sorte de pitié qui me fait rire. Alors je les console…

Ils se disent « oh la pauvre femme seule, mais elle n'a donc pas de mari ou d'ami, mais c'est horrible ! », alors que pas du tout, c'est le contraire.

Il y a toujours plein d'idées préconçues sur les actrices, il faudrait qu'on ait des tas d'amis, très riches, qu'on fasse en permanence les magasins pour s'acheter des montagnes d'habits très chers, qu'on aille à des soirées où tout le monde rit et boit et rit et boit, qu'on ait une piscine, qu'on soit tous les jours en train de se faire masser, avec des soins de beauté et la chirurgie esthétique à la clé. Il faudrait qu'on voie toujours plein de gens connus et qu'on ait d'autres gens, moins connus, pour nous servir…

Ce n'est pas du tout ça, en tout cas pas pour moi…

Non, je ne vois personne parce qu'il faut que je parte en voyage, tous les jours, dans ma tête.

Ou bien je vois plein de gens en même temps.

Quand je joue mon spectacle en tournée, je vois plein de personnes, vous, en même temps.

C'est tout ou rien.

Heureusement que je peux voyager dans l'autre monde et vous y emmener.

Je suis seule. Je me sens seule.

De plus en plus et aujourd'hui en particulier.

Je me sens seule... Ou je me rends seule ?

Parce que ce matin, je me suis dit ce mot en le prenant pour une bonne chose. Une bonne nouvelle.

Hier soir c'en était une très mauvaise, je pleurais gnagnagna comme les fillasses. Enfin je pleurais, quoi.

Et ce matin je me suis ruée sur mon ordinateur et je me suis dit que « non, je ne suis pas seule, mais alors pas du tout », la preuve : je suis en train de vous écrire.

Ce qui veut bien dire que ce livre est pour vous et rien que pour vous…

Et la solitude que je sens ? Eh bien je me dis qu'elle est magnifique, cette solitude-là.

Finalement c'est moi qui l'ai choisie, alors j'ai beaucoup de chance, et c'est peut-être ça, le prix de la liberté.

« Tu veux être libre ? Alors sois seule. » Oui, c'est banal comme réflexion, mais je viens de la découvrir.

C'est juste qu'au lieu de la subir, cette drôle de Dame Solitude, et d'imaginer madame Prat tout habillée en noir et pas très belle, je lui ai mis des couleurs, une belle robe et une chouette tête, et je la vois maintenant comme une fée.

Merci mes ailes

3

Libre

Il paraît que je suis libre.

C'est pas moi qui l'ai dit, c'est les autres.

D'abord je n'ai pas compris ce que ça signifiait, et puis j'ai réfléchi.

Je me suis dit que ce n'était pas tout à fait vrai.

Et puis : peut-être que si, finalement, peut-être que je suis un peu libre quand même…

Sans l'avoir fait exprès.

Ce n'était pas une volonté.

Pour moi c'était naturel de faire ce que mon instinct me dictait, de vivre guidée par une espèce de croyance en je ne sais quoi, une croyance en la vie et son mouvement, une croyance en la bonté des êtres humains, une croyance en l'infini… En l'amour.

Comme un espoir qui est toujours là, chaque matin.

Les gens appellent ça la liberté. Bon.

Mais alors, tout le monde est libre !

Je croyais, petite, que tout le monde était libre.

Que tout le monde vivait comme ça, guidé par ce souffle de bienfaisance, ces envies d'avancer toujours, de fabriquer, de créer, d'inventer, de se dépasser sans cesse, d'aimer, d'écouter, de respecter…

Ce sont mes parents qui m'ont mis ça dans la tête.

Et au fur et à mesure des années qui ont passé, je me suis rendu compte que non, que tout le monde n'était pas libre, que tout le monde ne croyait pas en quelque chose, que tout le monde n'était pas aussi ouvert, tout compte fait.

Alors qu'est-ce qui fait que moi, d'après ce qu'on m'a dit, je suis libre ?

J'ai réfléchi à ce que c'était, à mes yeux, la liberté, je me suis demandé pourquoi on m'avait dit ça et quels étaient les signes extérieurs de cette liberté…

La première chose qui m'est venue à l'esprit a été de me dire « ah, mais c'est pour ça que j'ai parfois de tels moments de cafard, c'est pour ça que je me sens si seule, c'est pour ça que j'ai l'impression de ne jamais faire ce qu'il faut, comme il faut ! Ah oui, bien sûr, c'est parce que je suis libre !

» C'est parce que j'ai pas encore de mari alors que j'ai l'âge d'en avoir un !

» C'est parce que j'ai pas de grosse voiture alors que j'ai l'âge d'en avoir une !

» C'est parce que je vais pas aux dîners mondains alors que j'ai l'âge d'y aller !

» C'est parce que je vais en boîte de nuit alors que j'ai plus l'âge d'y aller ! »

Non, ça ne peut pas être un truc d'âge, quand même, cette idée de liberté…

Alors j'ai cherché encore…

Peut-être que je suis libre parce que parfois je sens comme un poids à porter sans cesse, comme un sac qu'il faut que je traîne, un gros sac avec plein de choses dedans, tous mes rêves de vie. Et parfois ces rêves, ils pèsent vraiment lourd…

Quelquefois je me dis d'ailleurs que ma vie est un sac de rêves. Quand j'arrive à en réaliser un, il s'envole, et le sac est du coup plus léger.

À la fin de ma vie, il faudrait qu'il n'y ait plus rien dans le sac.

J'ai cherché des petites définitions instinctives de ce que m'inspirait le mot « liberté »...

Libre c'est écrire là, tout de suite, dans le train, en sachant que je ne fais pas de la littérature essentielle, mais en me laissant guider par le simple fait que c'est important pour moi de me sentir proche de vous, de toi qui me lis, et de partager des idées, des sentiments, des émotions.

Libre c'est être en mouvement.

Libre c'est pouvoir me lever le matin et être heureuse d'avoir des yeux qui voient la couleur du ciel.

Libre c'est pouvoir me lever le matin, tout simplement.

Libre c'est aimer sans arrêt, comme ça, pour un rien, et en avoir besoin pour vivre.

Libre c'est inquiéter les autres… Sans le vouloir.

Libre c'est ne pas avoir encore rencontré l'homme de ma vie.

Libre c'est avoir rencontré l'homme de ma vie en n'osant jamais croire que c'est lui vraiment.

Libre c'est le doute.

Libre c'est la certitude.

Libre c'est avoir des enfants qui vous parlent.

Libre c'est parler, dire, écouter sans relâche.

Libre c'est oser dire quand on va mal.

Libre c'est avoir l'âge qu'on veut avoir et s'en donner les moyens en se battant… De plus en plus…

Libre c'est ne jamais vieillir mais toujours avancer.

Libre c'est écouter très peu de personnes finalement, et discerner celles qui vous aiment vraiment de celles qui s'aiment à travers vous.

Libre c'est croire.

Libre c'est déranger sans faire exprès.

En écrivant sur ce mot magique et multiple je suis en train de me dire que c'est pour ça que je demande souvent pardon, oui c'est juste parce que je me sens coupable de cette sensation de liberté.

Cette infinité de choix possibles.

Libre c'est savoir dire non.

Libre c'est s'obliger à choisir, pour suivre un chemin qu'on sent, et qui se dessine peu à peu, au fur et à mesure qu'on le trace, sans garantie.

Libre c'est pas brillant.

Libre c'est pas clinquant.

Libre c'est ma voiture toute cabossée qui n'a l'air de rien mais qui avance toujours et qui nous transporte.

Libre c'est être là, dans le couloir du train, sur l'espace « plate-forme » comme ils disent, et écrire comme une femme d'affaires avec mon manteau de bourgeoise et mes lunettes fumées parce que je n'ai pas voulu m'asseoir à la place qui m'était prédestinée, à côté du nid d'hommes d'affaires qui sentent l'after-shave, avec leur air d'être important et leurs yeux qui bavent sur nos décolletés.

Et regarder les gens qui passent.

Les gens qui passent et qui me regardent avec un peu de mépris, parce que pour eux, être là, sans place attitrée, dans un couloir, ce n'est quand même pas une chose tout à fait convenable... Surtout en première classe.

Libre c'est comprendre.

Libre c'est ne pas s'engager pour être rassurée, libre c'est ne jamais être rassurée.

Libre c'est ne jamais se poser, par peur qu'une cage invisible ne vienne vous entourer parce que vous vous serez arrêtée là pour de mauvaises raisons.

Libre c'est continuer toujours.

Libre c'est travailler.

Libre c'est respecter.

Libre c'est n'avoir aucun sens du matériel, et par exemple rouler dans une voiture toute cabossée.

Libre c'est ne pas être recommandable.

Libre c'est avoir mal quelquefois.

Libre c'est avoir des immenses pics de bonheur.

Libre c'est fatigant.

Libre c'est voler.

Libre c'est s'écouter.

Libre c'est infini.

Libre c'est enfin se reposer sur une épaule parce que c'est celle-là exactement qu'on veut et on le sait, grâce à notre liberté.

Libre c'est m'enfermer quelque part avec lui, ne plus bouger dans ses bras.

Et m'y sentir encore plus libre.

4

Toi

Toi qui me tiens dans tes mains, merci de m'avoir prise avec toi.

Je te tutoie, je n'aime pas vouvoyer, je n'ai jamais aimé ça, et ton simple geste, celui d'avoir emporté ce livre, est déjà une forme d'intimité.

Je te tutoie aussi parce que nous nous connaissons déjà un peu.

Nous sommes comme de vieux amants, époux, copain-copine, amis.

On ne vit pas vraiment ensemble mais on se voit assez régulièrement. Dès qu'on peut…

C'est vrai que tu me vois plus souvent que je ne te vois.

Quand je suis dans le petit écran, tu me vois et moi non. Quand je suis au théâtre, en revanche, nous nous voyons mutuellement… Tu penses que je ne te vois pas mais je te sens. C'est une forme de regard et d'échange, se sentir.

Notre relation est étrange et libre, elle est spéciale et différente, et je l'aime profondément.

Pour moi, c'est une forme d'amour.

Et c'est un amour qui me va très bien.

Oui, je prends notre relation pour de l'amour.

Pas pour du commerce, ni pour une histoire de vedettariat, de je ne sais quelle distance qu'il y aurait ou devrait y avoir entre toi et moi parce que ce n'est que « mon travail » d'être comédienne et qu'« il ne faut pas tout confondre ».

Moi je confonds tout, et être comédienne n'est pas mon travail, c'est ma vie. C'est comme un monde parallèle que je dois construire, nourrir, et qui en même temps me fait vivre. Quelle chance j'ai. Je ne peux pas m'empêcher de tout donner de moi, le meilleur en tout cas, et être sur scène est une véritable drogue sans laquelle aujourd'hui je serais bien malheureuse…

Je ne vois aucune distance, je ne veux pas en avoir, et je n'ai, et ne veux avoir, aucun recul. Notre relation me permet tous ces excès, tout cet affect…

« Affect » est un nouveau mot dans mon vocabulaire que quelqu'un, un jour, m'a lancé en me conseillant justement d'arrêter de tout prendre avec autant d'« affect ». Je n'ai pas compris tout de suite et j'ai demandé qu'on m'explique. C'est alors que j'ai réalisé que tout le monde ne faisait pas forcément comme moi ! Mais alors comment font-ils, les autres, pour ne pas tout percevoir avec autant d'« affect » ? Comment vivre sans ça ? C'est donc ça, ce truc qui bouillonne en permanence et qui, bien sûr, est très fatigant parfois, ce truc tellement excitant, tellement vivant, tellement libre en même temps ? C'est l'« affect » ? C'est d'être affectif ? Génial, j'ai un nouveau mot dans mon vocabulaire. Et ce n'est pas du luxe.

Oui, je prends pour de l'amour quelqu'un, homme ou femme, qui me prend brutalement dans ses bras en me disant qu'il m'aime et que je lui donne du bonheur. Un amour absolu, libre et inattendu. Un amour qui me paraît profond, même s'il ne dure que quelques secondes…

Et d'ailleurs, quand j'ai le cafard, je sais que si je vais à Carrefour ça ira mieux parce que je me ferai des copains et des copines.

Je devine vos petits rires en coin, mais je vous promets que quand ça ne va pas bien, un petit tour à Carrefour… Oui, là, je sais que je vais trouver de la chaleur, je sais qu'il va y avoir un ou deux sourires au détour d'un rayon, un petit mot gentil. Ça change ma journée, ça me réchauffe le cœur.

Vous êtes toujours très gentils avec moi, vous m'abordez comme si on se connaissait, et on discute cinq minutes, et voilà, c'est tout simple mais ça me fait du bien, je voulais vous le dire. Finalement vous ne savez pas l'effet que ça me fait, on n'en parle pas vraiment…

Quelquefois il y a des dames qui me serrent dans leurs bras, tout émues, ça me donne envie de pleurer, de les inviter à boire un café, de leur demander de me parler d'elles, de leur vie, de les aider si je peux, mais le problème est que c'est impossible, matériellement, de faire ça, parce qu'il faut que j'aille récupérer mes chérubins qui sortent de l'école et qu'il faut que je fasse tout ce que j'ai à faire, comme toute femme, toute mère de famille, oui c'est impossible malheureusement…

Il faut juste profiter de ces quelques minutes et se dire qu'elles valent des heures…

Ce qui est marrant dans les grandes surfaces, c'est quand vous me prenez pour mon sosie, ne voulant pas croire que je vais faire moi-même mes courses dans un supermarché. Et quand vous me demandez si c'est bien moi et que je vous réponds oui, vous ne me croyez pas…

Si je te tutoie, c'est aussi parce pour moi tu es une seule et même personne.

Chacun de vous mis ensemble, vous formez une immense personne.

Tous ces gens que je croise et qui me sourient sont peut-être toi, tous ces autres qui me donnent, qui me soutiennent et m'encouragent à continuer sont comme tes frères ou sœurs.

Vous êtes un grand grand monstre en fait !

Mais un grand joli monstre bien sûr…

Composé de plein de cellules mâles et femelles qui forment toi, le public.

Et de toute façon, un monstre n'est pas forcément laid, un monstre est juste différent, c'est tout.

Oui, un monstre magnifique, où se mélangent jeunes, vieux, blancs, noirs, marron, jaunes, violets, rouges, bleus, verts, roses.

Un grand monstre métis.

C'est toi mon copain, grand monstre, ma copine, mon pote, mon fiancé…

Comme je suis une grande amoureuse, j'ai envie de te considérer plutôt comme mon fiancé.

Un être à qui j'ai envie de tout dire… À qui j'ai envie de plaire...

Mais pas comme d'habitude. D'une façon spéciale.

Un être sans sexe.

C'est génial, c'est reposant.

Juste un être…

On a de la chance. On peut essayer de s'aimer sans s'abîmer, sans se décevoir. Pas de brosse à dents entre nous, pas de danger de ne plus s'aimer, de se lasser…

Quoique si, quand même, si je fais n'importe quoi. Oui, si je fais n'importe quoi, tu pourrais ne plus m'aimer. Mais moi je veux qu'on s'aime longtemps alors je ne ferai jamais n'importe quoi.

J'essaye toujours de te surprendre dans mes choix, par exemple. Je m'y applique sans relâche et parfois c'est délicat.

Notre relation échappe quand même à la loi de la gravité de l'habitude. Je déteste cette loi-là dans les relations amoureuses.

Je te tutoie aussi parce que je veux t'emmener avec moi, dans mon histoire, dans mes rêves et mes secrets, même les plus chtarbés.

« Chtarbé », je ne pense pas qu'il existe vraiment, ce mot, mais on peut décider que si, et ça veut dire dingue, déjanté.

J'aime bien tous les mots qui veulent dire « fou ». J'en connais pas mal… « Pété du casque », « perché », « déglingué », « barré », « à l'ouest »…

On peut dire aussi « il a vu passer l'hirondelle » ou encore « il a reçu »...

Et puis, qu'est-ce que c'est, « fou » ? Qu'est-ce que ça veut dire vraiment ?

Si je suis un peu folle tant mieux, ça me tient chaud. C'est vrai, ça me fait comme une petite protection, un petit truc qui me fait survivre, parce que j'ai mon monde. Mon monde, ma maison dans laquelle j'ai envie de t'inviter.

Comme je ne peux pas t'inviter dans ma maison matérielle, ma maison « réelle » comme on dit, je veux t'inviter dans ma maison de rêves, ma maison immatérielle, intérieure, et parfois imaginaire.

Donc tu es mon « grand monstre », une sorte de rêve d'homme impossible, inaccessible, mais bien réel, fait de toi, toi, toi et toi...

Et je sais qu'à toi, je peux tout dire.

Tu acceptes mes excès, tu ne me juges pas. Tu ne juges pas mes folies, tu les prends, tu les comprends, et si je fais encore ce métier de comédienne, c'est bien grâce à ton regard plein de générosité et de compassion. Ton regard qui me donne envie de te donner toujours plus.

Toi... Quelquefois je me dis dans mes pensées qui vagabondent que je n'ai que toi, vraiment. Et secrètement, je songe au moment où je ne serai plus qu'une vieille clocharde sous les ponts, où plus personne ne me reconnaîtra... Eh bien je sais que tu viendras, que tu me prendras par la main, que tu m'emmèneras, comme Cosette. Et que tu me donneras du pain.

Toi… c'est à toi que j'écris cette histoire.

Avec mes codes à moi.

Parce que les codes du monde me font très très peur. Je crois que je ne les comprends pas.

Alors je m'en invente pour vivre.

5

Naître

Je crois que je suis née plusieurs fois.

Ou peut-être que j'aurais aimé, alors je me dis ça…

Je suis née le jour de ma naissance physique, et lorsque j'ai mis au monde mes trois enfants…

Ça fait quatre fois.

Au moins.

Naître c'est possible à chaque seconde.

Naître c'est être amoureux, souvent. Pas que des hommes bien sûr, de n'importe quoi.

J'ai beaucoup de chance d'être née et je n'ai envie de me souvenir que du bon.

Naître ce n'est pas seulement être accouché par le ventre de sa maman.

Je pense qu'on naît à partir du moment où on est vivant, c'est-à-dire où on est conçu, où on vient au monde, où on respire, où on se nourrit…

Je me dis qu'un fœtus, à partir d'un certain âge, il est

bien vivant, comme un petit animal : il ressent et emmagasine beaucoup beaucoup de choses qui seront essentielles pour lui plus tard.

Je pense vraiment que faire l'amour quand on est enceinte, par exemple, le faire d'une façon répétée, aimer rire, écouter des belles choses, être heureuse est fondamental pour l'être que l'on porte.

Il devrait y avoir un programme pour ça.

Je ne parle pas des tout premiers mois de l'existence du bébé dans le ventre, parce que je comprends que certaines femmes doivent avorter, je l'ai malheureusement fait moi-même, mais je parle des moments où il est bien accroché, voulu, désiré, attendu, et je me suis toujours dit que chaque petite chose dans tous ces moments est beaucoup plus importante qu'on ne croit…

C'est tellement génial d'être enceinte.

Une des grandes conneries de l'âge qui avance, c'est de ne plus pouvoir l'être, mais bon, c'est la nature.

Naître pour moi n'est pas absolu, et mourir non plus d'ailleurs.

Naître c'est relatif.

Oui, la naissance est relative parce que, pour moi toujours, elle est liée à l'amour.

Un bébé qui naît avec peu d'amour va naître moins bien qu'un bébé qui baigne dans l'amour. Je pense que c'est la dose d'amour qui provoque une naissance, c'est-à-dire que plus l'amour est fort, plus la naissance va être puissante et accomplie…

C'est pour ça qu'on peut renaître.

Parce que l'amour fait naître, et renaître.

Oui, on peut renaître, il y a plein d'exemples d'adultes qui son « renés ». Et quand on y réfléchit bien, c'est toujours grâce à l'amour ! L'amour de quelqu'un, que ce soit un amour amoureux ou un amour fraternel, ou filial, ou l'amour et le respect de quelqu'un qui vous donne une autre chance, qui vous aime donc…

De toute façon je suis convaincue que l'amour est la base de tout, mais que de plus en plus de monde l'oublie pour s'en remettre à l'envie d'argent et de pouvoir… qui sont pour moi ses opposés.

Bref.

Je pense qu'on renaît parfois sans s'en rendre compte.

Et qu'on meurt aussi sans s'en rendre compte.

Naître c'est renaître toujours.

Je suis née le 12 octobre, puis le 24 avril, le 5 mai, le 28 septembre, dates de la naissance de mes trois fils…

Je suis née le 7 Décembre, jour où je t'ai rencontré.

6

Les parents

Les parents sont souvent emb…

Pas les miens, non, pas mes petits parents chéris.

Les parents de mon âge, les adultes de la sortie d'école, les « collègues » qu'on croise quand nos enfants vont à des fêtes, les vieux de notre génération à qui il faut toujours dire bonjour et merci d'inviter nos enfants, tous ces grands qui sont très gentils mais qui sont comme des parents – ben oui puisque ce sont des parents ! Non, je veux parler de ceux qui, en plus d'en être, *se prennent pour des parents*, investis d'une mission très grave, très sérieuse, ceux qui se voient un peu comme des présidents de la République des Parents, qui ne sortent jamais de leur rôle, qui veulent vous connaître au-delà de la sortie de l'école et qui vous demandent toujours « Vous voulez boire un petit café ? ». Et moi, je n'ai pas envie parce que je sais qu'on va avoir des discussions de parents très ennuyeuses sur le travail de nos enfants, « est-ce qu'il travaille bien, le vôtre ? » et tout ça, et « est-ce qu'il est gentil ? En tout cas, qu'est-ce qu'il a l'air mignon et bien élevé ! » et tout ça, et aussi « et le vôtre, comment se passe son adolescence ? Parce que vous savez, l'adolescence, c'est vraiment un sale moment, ils sont odieux pendant leur adolescence, ils sont désagréables, on ne peut plus leur adresser la parole, le mien est impossible, il me parle comme à un chien… et vous sinon, ça va bien le show-business ? Oh je vous ai vue à la télé l'autre jour, vous êtes si naturelle ! Et il faudra qu'on organise un dîner un soir, ça serait sympathique… », et moi je sais pas quoi dire et en même temps je suis gentille, parce que je veux toujours être gentille, comme Jésus, mais quelquefois je m'ennuie à mourir, parce que… aussi, je vois des femmes qui ont mon âge et qui ont l'air… tout bizarre, tout je-ne-sais-pas-comment-décrire.

Tout en colère en dedans d'avoir l'âge qu'elles ont. Comme si, sous leur peau, sous leur apparence souriante, se cachait un volcan de mécontentement. Toutes avec des visages qui ont l'air en travaux de ravalement pour ne surtout pas montrer qu'elles ont un âge qu'elles ne peuvent pas supporter, cet âge dont on dit que c'est le pire pour une femme. Mon Dieu mais c'est vrai, quelle horreur de vieillir ! Et patati et patata…

Des visages toujours un peu tristes. Comme éteints, légèrement. Comme si on voyait sur leurs traits que ces femmes sont en train de rapetisser, de se sentir tomber...

Mais pourquoi les femmes de mon âge sont comme ça ? C'est déprimant.

Moi je pense que c'est parce qu'elles s'enferment dans une case…

La case « je suis en train de vieillir ». Alors, à force, la case les mange et elles vieillissent.

Les parents sont embêtants parce qu'on ne peut jamais parler de choses vraiment intimes, de l'amour par exemple. Comme quand on était petites et qu'à notre copine on confiait nos amourettes... Non, on ne peut décidément pas parler de l'amour comme on le ressent, parler de ses excès, et puis aussi de ses ailes, de l'imaginaire, de l'autre monde, de ses rêves. Si on essaye, les parents ne comprendront pas, ils vont rigoler et nous prendre pour une hurluberlue. Ou nous regarder comme un singe dans un zoo. Ou être polis et faire semblant de nous écouter et de s'intéresser à ce qu'on leur dit...

Déjà, quand on est célibataire à cinquante ans, c'est louche. Les parents vous regardent d'un air apitoyé... Je vois dans leurs yeux qu'ils se posent des questions. « Mais qu'est-ce qu'elle a ? C'est une femme à hommes, je vais sûrement pas lui présenter mon mari... Elle n'invite jamais personne chez elle, elle ne veut pas venir dîner chez nous, elle dit toujours qu'elle veut profiter d'être avec ses enfants, mais quand même, elle doit avoir une drôle de vie ! Peut-être qu'elle est homosexuelle après tout... À un âge comme ça, il serait temps tout de même de trouver un homme ! Comment elle fait ? Elle a peut-être un problème grave... »

Ben non, pardon, j'ai pas de problème.

Pourquoi les parents veulent-ils que j'en aie ?

Quelquefois je devrais faire triste mine et en inventer pour leur faire plaisir.

Quelquefois je m'invente un mari, je dis qu'il est parti en déplacement, qu'il travaille beaucoup, qu'il est comédien comme moi... Ce n'est pas vrai mais personne ne le sait et ça rassure tout le monde. Il faut toujours rassurer tout le monde.

Quelquefois je cache un fiancé que j'ai parce qu'il est trop jeune et que je sais qu'il va pas être à l'aise devant tous ces vieux comme moi… Alors là, je passe pour une femme très libérée, une actrice quoi, une sorte de nymphomane de service. Mais bien sûr on ne me le dit pas en face…

Quelquefois aussi, ça se passe bien. Mais rarement.

Ils sont devenus tout figés, les parents, tout congelés dans leur vie de parents.

Je ne parle pas de tous les parents, je parle de certains de ceux que je connais, que j'ai rencontrés…

On ne peut pas dire n'importe quoi avec les parents, on ne peut pas faire n'importe quoi, il faut toujours que ça ressemble à quelque chose de structuré ou de conventionnel.

Or moi j'aime faire ou dire des choses qui ne ressemblent à rien.

C'est difficile à expliquer mais j'y arriverai, ça va venir, des exemples vont me venir… Ce pourrait être… tiens, hurler dans la voiture, avec la musique à fond, dire des conneries avec les enfants, se coucher tard quelquefois, faire les débiles…

Il n'y a qu'avec mes enfants que je peux vraiment faire ça, ou avec trois, quatre amis très intimes, ou Frédo, mon amour de Frédo. Ou avec mes parents à moi, parce que ce sont des parents exceptionnels. Ce sont des aventuriers, de belles personnes sans âge qui veulent toujours avancer et qui, donc, ne vieillissent jamais… Mes parents. Maman et papa.

Quelquefois, les parents – mais pas les miens, donc –, c'est le contraire des enfants. Ils sont emmerdants. Vraiment.

Ils se sont construit une espèce de rôle, alors que parent, moi qui suis comédienne, je trouve que c'est pas du tout un rôle.

Parent c'est aimer.

C'est être là, à côté de son enfant, et oui, l'aimer, ne faire que ça.

Mais l'aimer vraiment.

Et discuter et rigoler avec lui. Simplement, sans se donner une attitude, ou un air de quoi que ce soit.

Un parent, ça se prend souvent au sérieux sous prétexte que c'est un parent. C'est nul.

Un enfant n'est pas là pour qu'on exerce sur lui son autorité ou son besoin de dominer. Il est là pour qu'on l'aime et puis c'est tout.

On peut l'aimer en gueulant dessus de temps en temps parce qu'il fait des conneries et que c'est important de le lui dire, mais, même quand on gueule dessus, il y a de l'amour et rien d'autre que de l'amour…

Sinon c'est bidon.

Moi j'aime par-dessus tout être maman.

J'ai l'impression d'être née pour ça.

Même quand j'étais petite, j'adorais être avec des petits, m'occuper d'eux, leur lire des histoires.

Aujourd'hui mes fils sont trop grands, je ne leur raconte plus d'histoires, et ça me manque terriblement.

Quelquefois je leur demande si je peux quand même leur en raconter. Ils veulent bien. Ou bien c'est eux, surtout le dernier qui a quatorze ans, qui me racontent…

De toute façon, même si ce n'est pas une histoire écrite, on se raconte des trucs, plein de trucs, le soir, avant qu'ils aillent dormir.

J'adore quand ils sont malades. Pas vraiment malades

évidemment, mais un petit rhume ou une petite bronchite et hop : ils dorment dans ma chambre, enfin surtout le dernier, encore lui, les autres ne veulent plus, et on papote de tout, de rien… Quelqu'un m'a dit un jour que ça déliait les langues, de parler la nuit. On discute de leurs classes, de leurs copains ou copines, on parle de tout, parce que dans la journée on n'a jamais assez de temps et qu'il faut toujours se coucher tôt.

Un jour, il n'y avait plus de chauffage et on a tous dormi dans la chambre du dernier, encore lui, parce qu'il avait un petit chauffage électrique d'appoint. On était collés, c'était génial. Mais on n'a pas dormi tôt pour le coup. Plutôt même très tard. Mais bon, c'est une exception parce que après, le chauffage a été réparé et chacun s'est remis dans sa chambre.

Je raffole des chambrées… On parle, on parle, on parle, ça fait du bien.

Et accompagner mes enfants à l'école, quel bonheur !

J'aime tellement ce moment où je fais chauffer la voiture en quittant la maison juste quelques minutes avant eux, il fait bien froid et je prépare l'habitacle pour qu'il soit accueillant, et on part, et ils sont tout frais, plus que moi, et je conduis.

Tout autour c'est la campagne et c'est vraiment joli, le jour se lève, il fait beau en général, et je me dis qu'on a de la chance, et on discute, je leur demande ce qu'ils auront comme matières dans la journée, et comme c'est le matin, ils sont parfois plus bavards que le soir où ils sont fatigués, et on rigole, de tout, de rien, quelquefois je leur raconte ma vie à moi, comment s'est passé le spectacle en tournée, ou on écoute de la musique, et puis on arrive à l'école, je me gare un peu plus loin pour ne pas les gêner, et on s'embrasse, et je leur demande à quelle heure ils terminent, et on se sourit, et ils partent, et moi aussi.

Et je suis heureuse.

Et j'attends quatre heures ou cinq heures pour aller les rechercher.

Et à ces moments précis de la journée, je ne veux jamais être dérangée…

Je veux être tout à eux.

Pas qu'à ces moments-là d'ailleurs.

De toute façon, j'écoute de moins en moins mon téléphone dans la journée. Je me dis que décidement, oui, je deviens un vrai ermite.

Quelquefois j'ai envie qu'il tombe en panne, comme ça j'aurai un bon prétexte pour être injoignable.

Quelquefois j'ai envie de mettre « je suis morte » sur mon répondeur. C'est horrible mais c'est vrai, j'en ai eu vraiment envie à certains moments, comme quand j'ai un cafard lancinant qui ne veut pas partir de moi et que je trouve que tout est bidon, que les messages que j'ai sont nuls, quand c'est toujours pour me demander quelque chose parce que je suis connue, et jamais pour me donner quoi que ce soit. De toute façon quand on est connu, on est redevable, toujours. On doit toujours donner. Dans la tête des autres, c'est normal.

Donc revenons au téléphone. Je le laisse dans son coin et j'écoute les messages le soir tard, quand je suis seule. Mais on s'en fout du téléphone, on ne parlait pas de ça non plus.

J'ai remarqué qu'un adulte se révèle quand il est avec son enfant.

D'« adulte » qui pose, qui fait son intéressant, qui se la pète un peu, il passe à « parent », et là c'est autre chose… C'est marrant à regarder.

Ils sont là, les adultes, tu vois… Ils parlent comme *çaaaâ*, tu *vouaaaâ*… Et ils b*ouaaaâ*vent des coups, tu *vouaaaâ*, sans leurs enfants. Ils passent leur temps à rigoler. Ah ouais heu… ils ont l'air sympas, décontractés, chouettes…

Et puis d'un coup
s'il y a leurs enfants
ils sont différents.

Ils deviennent tendus, souvent pas trop gentils avec leur progéniture, ou crâneurs, mettant les « gamins » en dehors de leurs conversations d'« adultes », les traitant comme des petits trucs qu'ils ont dans les pattes, des petits machins qui n'ont pas forcément grand-chose à dire, qui sont mignons, qui font rire, qui ressemblent à un tel ou une telle, qui sont si chahuteurs, qui sont si agités, qui sont si calmes, qui sont si polis, mais qui vont aller jouer ailleurs, hein ? « Vous allez jouer dans vos chambres aux jeux vidéo, d'accord ? Vous allez jouer entre vous, tiens ben montre ta Game Boy à ton copain, tiens montre tes nouveaux jeux de Playstation à ta copine, tiens ben allez sur Internet, allez allez, oh là là vous avez quand même autre chose à faire qu'à traîner dans nos pattes, quand même ! »

Il y a un truc que j'ai toujours détesté chez les adultes parents, c'est leur manque absolu d'intérêt pour un enfant qui est là par hasard, pendant un déjeuner par exemple. Même quand on boit un coup avec des proches copains ou copines, on ne parle qu'entre nous, personne ne s'intéresse à l'enfant qui est là et qui, lui aussi, a plein de choses à raconter, sûrement plus intéressantes que les nôtres… C'est comme s'il n'existait pas. Ou alors on lui parle comme à un débile mental, un arriéré.

Les parents ne sont pas marrants.

Il suffit de regarder les mamans promener leurs petits dans les parcs pour s'en rendre compte…

Elles ont l'air éteint et absent, elles sont rarement souriantes alors qu'elles devraient sauter au plafond !

Ou sautiller comme des sauterelles joyeuses ou des petits cabris.

On ne nous apprend pas à ressentir nos joies et à en profiter, à les exprimer. On nous apprend à extérioriser nos peines et nos rages, mais nos joies, on les laisse complètement à l'abandon. Parce qu'on s'y habitue trop vite, avant même de les prendre et d'en jouir.

Par exemple, quand je vais faire mes courses à Carrefour, je suis sciée de voir la tête des gens. On y va avec les garçons, mes fils, et on est contents en général. Oui, parce que quand même, c'est génial de pouvoir aller se remplir un chariot de plein de bouffe, de plein de choses qui font plaisir et qu'on va déguster après.

Et on choisit.

Et vraiment il y a l'embarras du choix, justement.

C'est quand même une chance d'avoir tous ces rayons avec toutes ces couleurs et tous ces trucs partout.

Moi j'adore les supermarchés, je ne sais pas pourquoi mais j'adore aller dans les supermarchés. Mes enfants aiment ça aussi d'ailleurs, et je vous promets que quand on y va c'est une fête. Et franchement je ne comprends pas la tête d'enterrement des gens.

S'ils prenaient le truc à la base, en se disant « mais oui j'ai de la chance de pouvoir remplir mon chariot, oh et tiens je vais pouvoir faire du poulet au curry, oh et tiens des pâtes fraîches, oh et tiens je vais faire du coq au vin, oh et tiens je vais prendre ça, c'est super que je puisse acheter tout ça, que ce soit là devant moi, que j'aie de l'argent pour acheter tout ça c'est quand même génial ! », oui, si tout le monde se disait ça, ce serait la fête.

On devrait faire certaines choses de tous les jours en se rappelant la première fois qu'on les a faites, et s'imaginer toujours que c'est la première fois.

Que c'est chaque jour la première fois qu'on les fait.

On serait bien plus joyeux.

Non, les parents ne sont pas marrants…

Ce matin je viens d'accompagner au lycée le copain de mon fils aîné. J'ai passé un moment génial. Ce type est super, très positif, intelligent, marrant, pas conventionnel, bref ouvert, drôle, sympa – normal ? –, je me suis fait un copain.

Il doit avoir dix-huit, dix-neuf ou vingt ans, peu importe. Il pourrait être mon fils. Je me suis fait un copain qui pourrait être mon fils. Je n'y peux rien.

Les gens de mon âge ont des conversations dans lesquelles je ne me sens jamais concernée. Ils parlent de leurs enfants d'une manière qui ne me plaît pas, comme s'ils parlaient d'étrangers, de personnes d'une « autre et tellement différente » génération. « Ha ben oui, ces jeunes, vous savez ! » Qu'est-ce que c'est chiant…

Et quelle erreur de penser ça !

Parler de ses enfants comme de personnes d'une planète éloignée…

Parler de ses enfants comme de choses, parfois…

Comme des « jeunes », alors qu'on se considère comme des « vieux » avec, forcément, d'autres sujets de préoccupation…

Mais d'où viennent de telles idées, idiotes, arrêtées et stériles ? Les enfants, même à seize ans quand ils sont parfois bizarres, ce sont quand même nos enfants. Je pense que tout vient de nous, de toute façon, et que même s'ils sont des êtres à part entière, on ne peut jamais leur en vouloir de nous agresser un peu ou même beaucoup, de s'isoler. Je pense que c'est toujours à nous d'aller vers eux, même si c'est très dur et que ça nous paraît impossible. Parce que nous sommes plus grands et que nous savons intimement plus de choses, nous nous devons de les écouter. Et ces choses qu'on a apprises, nous en servir non pas pour leur mettre dans la figure mais pour échanger avec eux, comme avec de « vraies » personnes…

Nous devons écouter nos enfants, vraiment.

Ils ont des choses à nous apprendre.

Ils parlent rarement d'eux-mêmes, ils parlent souvent des autres, les parents, parce que parler de soi, c'est-à-dire de ses sentiments, de ses émotions, de ses intimités, *ça ne se fait pas.*

Alors on parle politique, on parle des prochaines vacances, on parle du boulot, des collègues, des projets d'achats, des travaux de telle ou telle maison, des problèmes des autres, un tel qui va se séparer d'une telle, un tel qui a été viré, un tel qui a eu ceci ou cela…

J'ai remarqué que seuls les parents qui ont des problèmes graves avec leurs enfants ou entre eux, je veux parler des problèmes de santé par exemple, de vies en danger, sont des personnes qui parlent sincèrement et sans artifice de choses vraiment importantes… De la vie, de leurs sentiments, de leurs bonheurs simples, de partages, de souhaits, de joies. Il y a quelque chose dans leurs yeux qui me renvoie à une sensation indescriptible, enfantine. Et *pure*.

Ce que je cherche toujours chez quelqu'un.

Je déteste la convention de l'éducation.

Je n'aime pas les parents qui me disent quand je leur demande s'ils ont des enfants : « Oui, j'en ai deux… Ils ont vingt-deux et vingt-cinq ans, le plus grand est en fac de tralala boum boum, et la plus jeune fait ses études de tagada tsoin tsoin pour devenir… *ploum ploum et vlan prends-toi ça dans la gueule…* avocat, docteur ou, pourquoi pas, président de la République ! »

Qu'est-ce qu'on s'en fiche, de la brillance du titre !

C'est très rare qu'un parent, quand vous lui demandez s'il a des enfants, vous dise : « Oui, le plus grand a vingt ans et il ne fait rien, mais il est très heureux. Je pense qu'il cherche, dans la musique, dans l'écriture, il ne gagne rien mais il avance dans son épanouissement personnel, c'est un passage, je lui fais confiance, il est formidable… »

Moi je n'ai jamais entendu ça.

Je rêve d'entendre ça un jour.

Je me sentirais moins seule.

Oui, vraiment, quelle importance que nos enfants brillent par leur métier ? « J'ai deux enfants qui travaillent et qui sont heureux, épanouis, qui font ce qu'ils voulaient faire depuis toujours, qui sont acharnés, et qui se battent pour réaliser leurs rêves… » Qu'est-ce que j'aimerais entendre ça plus souvent !

En fait je me dis qu'il faudrait apprendre à être parents. C'est vrai que parfois ça doit pas être évident. C'est prouvé historiquement. Et il ne suffit pas d'être plein d'amour pour ses enfants. J'ai remarqué que certains parents, malgré leur bonne volonté, se révèlent assez gauches, maladroits, ils ont du mal à comprendre leurs enfants ou à communiquer avec eux…

Il devrait y avoir des centres, des genres d'école qui aideraient certains parents un peu perdus dans l'éducation à éveiller l'instinct qu'ils n'ont pas forcément, et à donner simplement leur amour à leur enfant. Oui, tout cela devrait pouvoir s'apprendre.

Élever un enfant, je pense qu'il n'y a rien de plus important, et de plus difficile, c'est vrai... On doute toujours, et on a tellement de pression aussi.

Moi-même je me demande souvent si j'ai bien fait ceci, bien fait cela, je doute beaucoup. Je me dis que j'ai peut-être mal fait de les aimer comme ça. De cet amour infini et presque effrayant tant il est gigantesque. C'est vrai, parfois je me demande si je ne les aime pas trop. Si je les aime bien. Et puis je me dis « mais est-ce qu'on peut aimer trop, trop donner, trop faire comprendre à ses enfants qu'on les aime ? »

Parfois j'ai eu de drôles d'idées, que j'ai toujours gardées secrètes. J'ai eu envie de les kidnapper et de leur faire sécher les cours pendant une semaine ou deux. J'en avais marre : devoir se coucher tôt, tous les soirs, et se lever tôt le matin pour partir à l'école, tous les jours, alors que la nuit, on aurait tant aimé se raconter des histoires, et bien se marrer, comme cette fameuse fois dans la chambre du dernier. Oui, je voulais faire la grève de l'école. J'avoue aussi à l'Éducation nationale avoir parfois inventé des petites maladies à mes enfants sur leurs mots d'excuses, pour qu'eux et moi puissions profiter plus longtemps de la merveilleuse soirée de la veille. Je sais, c'est mal.

Mais dans le fond, comment pourrait-on me reprocher de les aimer ?

De les aimer trop ?

7

Les enfants

Les enfants c'est une invention incroyable.

Il n'y a rien à dire sur eux qui tienne dans des mots.

Le seul truc qu'il faudrait leur conseiller, c'est de rester des enfants à jamais.

Imaginer un monde peuplé uniquement d'enfants me fait rêver. Je pense sincèrement que les choses seraient beaucoup plus passionnantes. On devrait essayer… Au moins une journée. Pendant vingt-quatre heures, on confierait la gestion d'une ville aux enfants : ses activités, ses spectacles, ses concerts bien sûr. Mais on mettrait aussi des enfants partout, dans tous les magasins, chez les flics, oui, partout, vraiment…

On n'aurait affaire qu'à des enfants.

Ça serait génial !

40 BONNES RAISONS D'AVOIR DES ENFANTS

J'étais en train d'écrire ce livre, et, sur un plateau de télévision – endroit où je fais le plus grand nombre de rencontres en un minimum de temps, vu qu'autrement je ne mets pas le nez dehors –, j'ai croisé une femme, une personne étrange et pas très chaleureuse, qui venait faire la promotion d'un livre qu'elle avait écrit et qui s'intitulait *40 bonnes raisons de ne pas avoir d'enfants*... Au début j'ai cru à une blague et, en l'écoutant, j'ai découvert que non, pas du tout, ce n'était pas une blague. J'ai entendu cette femme dire des horreurs. Là j'ai perdu tout mon humour et je suis devenue très terre à terre.

Et je lui ai promis, ainsi qu'à l'animateur – qui n'était autre que Laurent Ruquier que je connais depuis longtemps –, que j'écrirais un livre qui s'appellerait le contraire.

Je ne sais pas si je le ferai, mais en tout cas je voulais les énumérer comme elles me venaient, avec vous, ces « 40 bonnes raisons d'avoir des enfants »...

Et puis, en commençant à écrire, j'ai réalisé que des raisons pour faire un enfant, il n'y en a pas quarante mais des milliards, et qu'on ne peut pas les citer.

Une seule raison me revenait sans cesse. Elle tient en un mot qui lui-même en contient une infinité : AIMER.

8

Changer le monde

Depuis quelque temps, j'ai sans arrêt envie de pleurer

Je me retiens en me disant que je n'ai pas le droit de me plaindre et que j'ai tout pour être heureuse.

Mais chaque jour qui se lève, j'ai un pincement au cœur pour une raison nouvelle, qui n'existait pas il y a quelques années. Cette raison, c'est l'envie qui s'effrite, l'espoir qui se dilue, le sens des choses qui s'efface… La confiance qu'on peut avoir en la vie, l'idée de construire, de fabriquer, d'inventer.

Chaque matin qui naît je suis désormais inquiète pour le ciel et la Terre, comme s'il s'agissait de quelqu'un de ma famille, chaque matin j'ai une boule dans le ventre.

Je pense que je ne suis pas la seule.

J'en parlais récemment avec mon fils de vingt et un ans qui, à de nombreuses reprises, m'a dit qu'il éprouvait la même chose.

Et cela me donne envie de pleurer. Toute cette histoire me donne envie de pleurer et de partir ailleurs. Mais il n'y a pas d'ailleurs…

Il y a cette Terre et puis c'est tout.

Mais que se passe-t-il ?

Il y a
quelques jours, on nous a
bien informés que la Terre était en
grand danger, qu'elle se réchauffait, que
des espèces disparaissaient en grand
nombre, serait-ce un cauchemar ? Il y a
quelques jours notre président nous a bien
annoncé que des mesures allaient être prises,
mais quand ? Dans un mois,
deux mois, un an, plus ? Et
depuis plus rien ? Depuis
on ne nous parle de la
Terre que dans les
campagnes électo-
rales. Mais qu'arrive-
t-il aux hommes ?
Eux aussi sont
déréglés, eux
aussi

subissent un réchauffement de leur cerveau qui les endort et les fait réagir comme des robots ? On ne voit à la télé et dans les journaux que des visages d'hommes et de femmes qui veulent diriger un pays, comme s'il s'agissait de publicités pour des superproductions hollywoodiennes. Mais quel pays vont bien pouvoir diriger ces héros de superproduction si la planète ne fonctionne plus ?

Les journaux devraient parler tous les jours de la situation. Pourquoi n'est-ce pas le cas ?

C'est drôle que nous nous sentions prétentieux au point de ne pas craindre que le ciel, un de ces quatre, nous tombe sur la tête pour de bon. À sa façon bien sûr, par un tremblement de terre inhabituel, une autre grande vague totalement imprévue, une tempête, des averses qui n'en finiront pas…

Oui, j'ai souvent le cafard en ce moment, une espèce de cafard comme l'animal inquiet, qui se balade en moi et que je n'arrive pas à chasser. Je suis inquiète, oui, pour le ciel, pour le mouvement des arbres, des nuages. Je ne comprends pas que nos dirigeants ne nous aient pas ordonné, après les rapports officiels parus sur notre planète qui est donc complètement déréglée et malade, de prendre des mesures d'urgence, là tout de suite, là maintenant…

Il semble bien que la Terre soit mourante... Et c'est tout ce que ça nous fait ?

Moi j'ai honte pour mes enfants. Vraiment honte. Il ne s'agit pas d'un petit truc qui va vite se soigner, il s'agit d'un immense truc quasi incurable ! Et c'est tout. On laisse faire…

On continue, on achète du plastique qu'on jette, on continue à prendre plein d'électricité, on continue à prendre plein d'eau, on continue à rouler, et le soir toutes les boutiques sont éclairées, et je ne sais quoi d'autre, mais rien n'a changé.

Pourquoi tous les habitants de notre pays ne recevraient-ils pas au moins un petit livre avec les premières choses à réaliser d'urgence, histoire de faire plein de gestes et pas un seul, pourquoi toutes les chaînes de télévision et les journaux et les radios ne se mobiliseraient-ils pas pour faire une vraie campagne des mesures à accomplir pour commencer à protéger ce qu'on a déjà mis à mal depuis longtemps ?

Qu'est-ce que je peux faire, moi, pour être active, en dehors de réduire ma consommation d'électricité, d'eau, de trier mes poubelles ?

Pourquoi n'y a-t-il pas un vrai regroupement de gens qui lanceraient des idées pour trouver un moyen de rééduquer d'autres gens, tout de suite, et surtout à l'école…

Parle-t-on de cela à l'école ? Non, me disent mes enfants, qui sont en troisième et première.

Oui, j'ai honte devant mes enfants, j'ai honte d'être de ces adultes qui ont ce genre de comportement de mépris pour un problème si grave.

Je suis sûre que je ne suis pas la seule dans mon cas à ne pas vraiment savoir que faire pour être active. Réellement.

Dommage qu'au moment où j'écris on soit en pleine campagne électorale parce que la vraie actualité, c'est notre Terre.

Mais, en réfléchissant bien, plus j'écris et plus je comprends...

Bien sûr ! Mais bien sûr, suis-je bête ? C'est une histoire d'argent !

Ah d'accord, ah ben oui, pardon, où avais-je la tête ?

Il ne faut pas sortir des grandes écoles pour savoir qu'on aura beau voter pour qui on voudra et croire en quoi on voudra, si la Terre ne peut plus nous porter et le ciel nous protéger, tout ça ne sert à rien.

Il ne faut pas être très érudit pour comprendre que tout est déréglé pour de bon, ça se sent chez les êtres humains, dans leur façon d'être, d'être inquiets sans trop savoir pourquoi, ça se sent dans l'atmosphère, et pour cause, dans ces chaleurs anormales qui nous enlèvent nos repères...

Oui je voudrais changer le monde, chaque jour un peu plus. Jour après jour. Et je pense ne pas être la seule.

Je voudrais là tout de suite avoir un grand micro et faire des réunions de propagande pour la vie, pour savoir vivre, savoir avancer, savoir être, avec soi-même et avec les autres.

Arrêtons tout de suite cette marche qui nous mène à notre perte, cette marche vers la stérilité humaine et le développement matériel.

Sommes-nous trop idiots pour ne pas comprendre que la Terre nous envoie un vrai signal d'alarme sur lequel tous les pays devraient être mobilisés pour réfléchir, agir ensemble pour FAIRE DES MILLIERS DE CHOSES qui enrayeraient le désastre ? Pas pour nous mais pour elle, la planète...

Sommes-nous trop idiots pour ne pas comprendre que, quels que soient les biens matériels que nous accumulons, puisque apparemment l'argent est le centre de tout, la vérité reste dans la terre sur laquelle nous marchons, dans l'air que nous respirons, dans l'eau que nous buvons ?

Je nous imagine dans quelques années ou millénaires, avec nos cartes bancaires

et nos maisons

et nos voitures

et nos actions

et nos biens et nos crédits,

marchant sur un sol sur lequel il n'y aura plus d'herbe

plus d'arbre

un vrai désert

sans animaux.

Nous crèverons avec nos sous qui ne vaudront plus rien et qui finiront par nous manger.

Nous nous ferons MANGER PAR NOUS-MEME.

9

Les mecs

Ils sont marrants, les mecs dans le train
quand ils se grattent les couilles en pensant que personne ne les voit. En ne pensant rien d'ailleurs. Quelquefois on dirait qu'ils ne pensent à rien, les mecs, c'est vrai.

Ils sont marrants les mecs en after-shave, le matin, qui attendent le bus. On dirait des cintres. J'ai en ai vu deux l'autre jour. Ils portaient le même costume correct, avec de fines rayures. Même coupe de costard et de cheveux, même tête neutre, même petite mallette. Des clones. Il y en a de plus en plus souvent…

Les mecs c'est pas comme les hommes, c'est autre chose, un autre truc.

Les mecs c'est une sorte de formatage d'hommes.

Ils sont marrants les mecs quand ils vous matent l'air de rien et qu'ils croient que vous ne les voyez pas. Ils sont là, ils regardent vite fait votre décolleté, vos fesses, en lousdé, comme si de rien n'était. Ça, c'est vraiment marrant.

Ils sont marrants les mecs qui ont des dégaines de sexes. Ils ne s'en rendent pas compte mais certains ne sont plus que des sexes à pattes. C'est pas laid, mais bon, c'est spécial quand même… Ils ont leur sexe au bord des yeux à la vue d'une paire de seins ou de fesses, et quelquefois ça déborde, forcément. Ils se font manger par leur propre sexe, je veux dire mentalement, et nous, les femmes, nous ne voyons plus que ça.

Mais eux persistent à croire que nous ne les voyons pas !

Non, dans le train, vraiment, c'est là que les mecs sont les plus marrants ! Ils vous matent en un clin d'œil, proximité oblige, et vous adressent un regard de mépris si vous ne leur faites pas « la totale ».

« La totale » étant l'apparence de l'éventuelle fille, j'allais dire pétasse, qui pourrait les faire fantasmer…

Et « la totale » c'est rien du tout finalement !

Toutes les femmes peuvent la faire, « la totale », tout est dans l'apparence.

Faites le test, mesdames, et vous verrez.

Bon endroit pour tester « la totale » : le train, TGV première classe de préférence, car l'approche du mec sera souvent plus sournoise…

Avoir le look de la bonne pétasse qui fait qu'un mec va, à un moment ou à un autre, poser ses yeux baveux sur vous, c'est :

1 Porter un manteau avec un col à poil, n'importe quel poil, même faux bien sûr, ou une veste genre cuir ou faux cuir.

2 Des cheveux plutôt longs, plutôt blonds aussi (mettez une perruque si vous voulez, ils ne s'en rendront pas compte), et bien coiffés mais pas trop.

Le petit côté légèrement désordonné donnera au mâle en rut l'impression d'une sauvage sensualité latente mais pas offerte. Il n'en sera que plus intrigué…

3 Positionnez toujours votre bouche en avant, l'air de rien surtout.

4 Laissez dépasser un petit bout de votre peau, cela peut être les jambes, le décolleté, ayez les fesses moulées dans le manteau, la taille marquée…

5 Prenez un air complètement dégagé, libre, indépendant, qui s'en fout, qui n'a besoin de personne, ce qui donnera l'impression à votre chasseur que vous êtes en dehors de tout, « une femme libérée » comme on dit…

6 Et, pour finir, si le mec est vraiment graveleux, allez jusqu'au bout du jeu, faites-lui croire des choses par quelques œillades comme dans les mauvais films roses, et dites à votre fiancé de venir vous faire un énorme câlin à l'arrivée du train.

10

Le rôti

Un jour quand j'avais quatre ans, maman a apporté un morceau de rôti à la maison.

Elle appelait ça mon « p'tit frère ».

Je détestais ce truc-là qui gigotait sans arrêt en miaulant, alors qu'il n'était même pas un chat avec qui je pourrais jouer.

Je ne pouvais rien faire avec ce machin qui puait le caca.

Il m'énervait en plus, parce que maman ne faisait plus attention à moi.

Le rôti me prenait mes parents, et tous ceux qui venaient à la maison ne regardaient que lui, sans arrêt, le tripotaient, lui faisaient des sourires, et jamais à moi, c'était un cauchemar.

Alors je m'approchais de son berceau, et, en cachette de maman, je le pinçais…

Il criait, maman venait et me demandait pourquoi il

pleurait… Je lui disais que je comprenais pas. « Oh, le pauvre ! »

Il a fallu très vite que je trouve d'autres moyens plus excitants de me défouler et d'exorciser la douleur qu'il faisait dans mon cœur.

Je m'en prenais à plus petit que moi.

Dans l'espèce animale.

On vivait en Afrique, au Cameroun, et quand mes parents m'emmenaient à la plage, je partais dans un coin de sable où il y avait plein de petits crabes qui couraient partout, j'en chopais un et je lui arrachais ses pattes,

une

à

une.

C'est pas moi qui faisais ça, c'était mon traumatisme.

C'est pratique, un crabe, ça dit rien, alors que quand je le faisais sur le rôti, il hurlait et maman m'accusait puis me tapait.

Quelquefois j'essayais les yeux, mais ça glisse, on n'a pas de prise, et ça tient trop bien au corps, les yeux, ça fait rebond, c'est chiant…

J'avais trouvé un autre truc pour exorciser mon malheur quand maman recevait du monde à la maison.

Je faisais caca sous le canapé du salon.

Une belle crotte, rien de mieux pour attirer l'attention.

Je la déposais tranquillement juste derrière le canapé avant que tout le monde arrive et après on se demandait d'où venait cette odeur bizarre. Comme on n'avait pas de chien c'était forcément moi, ça pouvait pas être mon père quand même, lui il était pas jaloux de mon petit frère le rôti.

Ça faisait de l'animation. Au moins on parlait de moi et peut-être qu'on admirait toutes les forces que je déployais pour me venger.

Et puis un jour je me suis dit que les crabes, c'était vraiment trop petit…

Alors je suis partie dans la savane, je faisais des escapades nocturnes qui rendaient maman malade, et qui mettaient toute la police africaine à mes trousses.

Je chassais des grosses bêtes avec un couteau que j'avais emprunté dans la cuisine de maman.

Je me souviens de ces nuits où j'avais l'impression que les arbres tendaient leurs bras juste au-dessus de moi comme un toit, pour bien me montrer que je n'étais pas toute seule.

Les arbres, ils étaient sympas. On discutait souvent ensemble.

Un jour, j'ai capturé un tigre.

Cette histoire est difficile à croire, et je sais qu'il n'y a pas de tigres en Afrique. Mais dans mon monde à moi il y en avait, et c'est d'ailleurs comme ça que ce souvenir est resté dans ma tête…

Je m'étais endormie crevée parce que j'avais marché, marché, marché, sans trouver aucune âme qui vive dans la forêt cette nuit-là…

Il faisait bien chaud, j'avais rejoint l'arbre sous lequel en général je faisais une petite halte pour papoter, et je m'étais endormie…

Je me suis réveillée parce que j'ai senti un truc chaud souffler sur ma figure, comme si le vent s'était levé…

Il faisait sombre, et quand j'ai ouvert grand les yeux,

j'ai vu deux lumières très scintillantes briller juste devant moi...

Je n'arrivais pas à savoir si elles étaient loin ou tout près parce qu'il faisait trop nuit...

Les lumières jaunes se déplaçaient, c'était bizarre, et le souffle chaud aussi, il n'était pas régulier...

Je tendais la main vers les deux points qui se déplaçaient comme des lucioles et ça bougeait de plus en plus...

Puis il y eut une sorte de bruit, comme un rugissement. C'était tellement incroyable qu'au lieu d'avoir peur je me suis mise à rire et à parler toute seule...

Je parlais aux deux lumières, pensant que c'étaient des insectes ou des bêtes étranges...

Et tout à coup, les deux lumières sautèrent en l'air avec un bruit comme le tonnerre qui gronde... Je sentais du sable ou de la terre qui giclait partout sur moi... Tout avait l'air de remuer autour de moi... Le sol vibrait comme dans un tremblement de terre...

Ça bougeait beaucoup, ça s'agitait de plus en plus, mais je ne voyais rien.

J'avais très peur...

Je ne comprenais rien.

Les mouvements et les bruits ont duré un petit moment, avec des feuilles et de la terre qui m'arrivaient régulièrement dans la figure...

J'avais mis ma tête dans mes genoux pour me protéger du mieux que je pouvais...

Et puis, d'un seul coup... Plus rien.

Je suis restée comme une statue en marbre jusqu'à ce que le jour se lève.

C'est petit à petit que j'ai vu une grosse forme par

terre, pas loin de moi, qui se dessinait dans le gris du matin…

Un énorme tigre… Oui, c'était un énorme animal avec des poils de tigre… Donc un tigre.

Il était allongé tout près de moi. On aurait dit qu'il dormait…

Et pas loin, un long serpent
vraiment énorme
avait l'air de
roupiller lui aussi…

C'était bizarre qu'ils dorment comme ça tous les deux.

Je suis restée à côté, je les regardais, je ne comprenais toujours pas grand-chose à ce qui se passait et je me suis dit que maman devait drôlement s'inquiéter, la police africaine aussi…

Du bout de mes doigts de pied, j'ai tout doucement touché quelques poils de la grosse bête encore endormie… Rien.

J'ai recommencé, puis de plus en plus fort jusqu'à le secouer comme un prunier… Ça ne lui faisait rien.

Alors je me suis mise à lui parler et à l'engueuler de rester couché comme ça, complètement mou et avachi…

Le serpent, j'avais shooté dedans parce que finalement je m'étais rendu compte qu'il était mort, mais le gros tigre, lui, il pouvait pas mourir comme ça évidemment, il était trop gros pour mourir bêtement là, à côté de moi… Alors j'ai crié dessus.

Je me suis même assise dessus, je rebondissais sur son ventre pour qu'il se réveille, je le chatouillais, je lui parlais, je chantais n'importe quoi, je hurlais… Rien.

Je me suis dit que les tigres avaient des sommeils très

forts et qu'on avait beau faire, on ne pouvait pas les réveiller, c'est tout.

Je lui parlais, je lui parlais sans m'arrêter, de tout, de mon petit frère le rôti, de maman qui me racontait moins d'histoires qu'avant et qui me disait qu'il fallait que je comprenne, de mon hamster qui avait mangé mon autre hamster, d'oncle Georges et de ses tours de magie, de la maison des voisins qui avait brûlé…

Qu'est-ce qu'il m'écoutait, ce tigre, quel super copain je m'étais fait là ! Incroyable.

Il fallait absolument que je rentre sinon maman serait vraiment malade… Une nuit dehors déjà ça faisait des problèmes, mais alors deux de suite je ne pouvais pas.

J'ai bien dit à mon tigre dans le creux de l'oreille de rester jusqu'à ce que je revienne, c'est-à-dire très vite.

Je voulais absolument le voir marcher, me regarder, le regarder, faire connaissance… Qu'on discute un peu quand il serait moins endormi que ça.

Je l'ai serré dans mes bras et je suis partie.

Et je l'ai plus jamais revu parce que quand je suis revenue, deux ou trois jours après, il était plus là.

Quel con.

J'ai pleuré encore. C'est chiant les larmes qui sortent comme ça sans qu'on puisse les en empêcher…

Maman ne comprenait pas pourquoi j'étais triste et je ne pouvais pas le lui expliquer. Elle ne m'aurait pas crue.

Si je gratte un peu ma mémoire, je crois que j'avais rêvé.

Quelquefois on peut confondre les rêves et le reste.

Un jour j'ai capturé un singe, mais je l'ai relâché…

Non, c'est pas vrai. Ce sont des copains de maman et

papa qui ont apporté Timothée à la maison. Un petit singe qui a été tout de suite dans mes bras comme si c'était mon bébé.

Il avait de ces yeux, Timothée… Des yeux qui me regardaient comme quelqu'un qui m'aurait serré dans ses bras…

Je n'avais pas envie de lui faire mal, à Timothée, c'est bizarre. Pourtant il était plus petit que moi.

Mais il était à moi. Toujours à me coller, c'était bien.

On se comprenait parfaitement.

C'était mon petit King Kong.

En fait, c'était plutôt moi qui étais King Kong et lui la princesse, vu sa taille et la mienne…

Je le baignais dans le lavabo et sa peau devenait toute bleue, et il avait l'air de m'aimer, toujours agrippé à moi, sur mon ventre, comme un sac, toute la journée… Il ne me quittait jamais.

Je me disais que c'était ça, l'amour… Être tout le temps collés l'un à l'autre.

Je grandissais… L'amour m'attendait.

Je me mettais des accroche-cœur dans les cheveux, sur mon front, pour être jolie… J'avais un fiancé qui s'appelait Fifi, on s'embrassait sur la bouche sous l'eau chaude, quand on allait se baigner le dimanche à la Pointe-Denis au Gabon.

Sous l'eau pour pas qu'on nous voie, sans doute.

Le truc des femmes princesses qui sont amoureuses m'attendait… J'allais arriver dans le pays des histoires d'amour.

Ça allait être génial !

11

Franky

C'était bizarre quand même toutes les filles qui aspiraient la bouche des garçons à la sortie du lycée. Devant tout le monde. Ça me rappelait le siphon de maman pour déboucher l'évier.

Elles avaient des bouches comme des ventouses, ces filles. Je trouvais ça vraiment moche.

J'étais sûre que l'amour en vrai, c'était autre chose quand même.

Un truc mieux, plus caché, plus à fond, plus quelque chose.

Mon premier « fiancé », il s'appelait Franky.

J'aurais bien aimé rester collée à lui comme avec mon petit singe…

Mais il se décollait tout le temps. Bon.

Ça devait être pour frimer.

Je l'aimais comme une folle, c'était mon prince, il était petit pourtant, mais c'était mon prince, on faisait du théâtre ensemble, on roulait nos cigarettes ensemble, j'allais sûrement un jour me marier avec lui, « et ils eurent beaucoup d'enfants » et tout le tralala…

On s'embrassait comme des barges, pendant des heures, finalement c'était pas trop mal, ce truc d'aspirateur de bouche.

Mais moi, je voulais pas qu'il me touche ailleurs, parce que maman m'avait dit que si un homme me tripotait les seins par exemple, je risquais d'attraper des enfants.

Alors pas question.

Le pauvre, il devait bander comme un Turc ! Mais moi, j'en savais rien.

Je n'y connaissais rien de rien à l'époque. Le mot « bander » n'était pas dans mon vocabulaire.

Ça devait même lui faire mal.

Il n'avait qu'à m'expliquer…

Il faut se parler quand on est un couple.

Moi, je trouvais que s'embrasser, ça suffisait bien.

Comme *Le Docteur Jivago*, *Les Quatre Filles du docteur March*, *Autant en emporte le vent…*

Ils s'embrassaient aussi, mais toujours tout habillés.

Franky, ça l'énervait, ces baisers qui duraient des heures, et je me disais que c'était bizarre, ces crampes qu'il avait, toujours là, au même endroit, dans son pantalon.

Un jour, j'ai flanqué un grand coup de poing sur sa crampe, en rigolant et en criant « oh mais y'en a marre de ça !!!! Ha ha ha, hi hi hi !!!! ».

Ça a été radical.

Il a hurlé comme un sauvage, il était méconnaissable d'un seul coup, rouge comme si on avait bloqué sa tête dans le micro-ondes et qu'il allait imploser.

Un peu comme un chacal en rut à qui on vient d'arracher la quéquette.

Je vous conseille le coup sur la braguette si vous voulez vous débarrasser d'un mec.

Mais moi, je voulais pas me débarrasser de lui !

Du coup c'est lui qui s'est débarrassé de moi.

Mon prince… Il m'aimait plus… C'était dégueulasse… Quel con.

J'ai pleuré… Pour changer… Quelle conne.

Enfin, j'ai pleuré proportionnellement à mon âge, c'est-à-dire pas longtemps…

Et ça a passé. Quand j'avais plus d'eau.

C'est ça qui a dû stopper les larmes.

C'est bien fichu le corps humain.

J'aurais bien aimé qu'on ait des cours d'amour au lycée, ou qu'un prof me conseille un manuel, un mode d'emploi ou quelque chose…

Quel merdier, ce truc.

Pas du tout *Le Docteur Jivago* finalement. Peut-être qu'ils en savent plus sur l'amour, là-bas, en Russie.

Ça fait partie de nous, d'aimer. Comme de respirer, de manger, de boire, de dormir… Et personne ne nous apprend. À savoir aimer, partager, donner de l'amour, ne pas en demander trop, relativiser…

On apprend à manger, la bouche fermée, avec une fourchette, un couteau, on apprend à boire, puis à pas trop boire, ou boire beaucoup mais ça dépend quoi, on apprend à respirer, on apprend à regarder, à toucher, on apprend à dormir…

On apprend à dormir parce que quand on est petits, quelquefois on a envie de s'endormir avec la lumière allumée, et on doit apprendre à savoir l'éteindre. La nuit est une zone bizarre, un pays sombre où il faut aller s'engouffrer et ça nous fiche la trouille.

Donc on apprend à peu près tout…

Sauf à aimer.

Pour l'amour, comme ça devait embarrasser tout le monde, ils se sont dit qu'ils allaient nous raconter des histoires de princes amoureux de princesses. On connaît la suite…

C'est une bonne blague mais il faut être prévenu que c'est pas vrai après ! Et ça, ils ne le font pas.

C'est vrai, personne ne vous dit un jour, ou alors c'est vraiment très longtemps après, que ces histoires de princes, c'était bidon. Comme le Père Noël.

Finalement, il y avait beaucoup d'autres Franky et ça ne servait à rien d'être triste pour un seul prototype de Franky.

J'ai aimé d'autres Franky avec qui je me mettais toute nue.

Et j'ai jamais attrapé d'enfants par les seins.

Les moeurs avaient sûrement évolué…

12

Un homme

Moi je trouve qu'un homme c'est génial.

C'est fort, on dirait une maison en béton ou même un immeuble, une tour, un trente-huit tonnes, un tracteur, un bulldozer…

C'est beau !

Ça a pas de poitrine, ça a la mâchoire carrée, des avant-bras poilus, des poils de barbe, des pantalons avec des grosses chaussures, une voix comme du tonnerre…

Je trouve ça super comme invention.

Quand j'ai vu Superman dans son film, je me suis dit : « Voilà le mec qu'il me faut. »

Un surhomme.

Moi, si j'étais un mec, je deviendrais un superhéros, obligé. J'aurais des superpouvoirs, ou je ferais de la muscu. Ce qui revient au même parce que la muscu, pour les hommes, ce sont des superpouvoirs à portée de main.

C'est chouette quand ils sont un peu musclés, les hommes.

C'est con mais c'est chouette quand même.

C'est joli et ça fait fort, ça fait puissant

Alors que franchement ça n'a rien à voir ! Qu'est-ce qu'on est débiles, nous les femmes, quand on se met à être des midinettes comme moi en ce moment ! Penser qu'un homme avec des muscles est puissant, c'est une honte. Mais bon, c'est pour assumer notre côté princesse qui recherche toujours l'aventurier le plus fort du monde, celui qui viendra nous enlever sur son cheval ou dans son vaisseau spatial, que je me laisse aller à penser ça…

J'avoue devant le tribunal des personnes qui réfléchissent toujours et qui ne font jamais preuve de mauvais goût que, lorsque je vois un mec costaud, ça me fait rêver…

Mais, attention, faut pas qu'il parle !

Ou alors, s'il prend le risque, il faut qu'il y ait autant de muscles dans sa voix qu'il en a dans les bras.

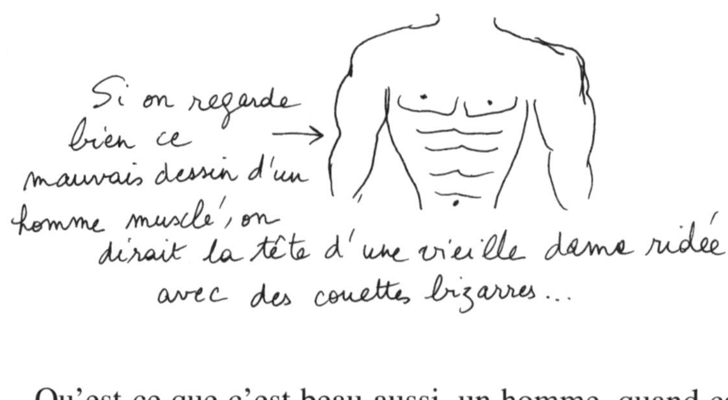

Qu'est-ce que c'est beau aussi, un homme, quand ça fait du sport ! On dirait un animal, une sorte de félin très sauvage et pas dompté, qui lutte avec hargne et ténacité.

Oui, je le redis, quelquefois, j'aimerais en être un, un homme, c'est vrai. Pour voir ce que ça fait. Il faudrait pouvoir faire l'expérience de changer de sexe au moins une fois dans sa vie. Je suis sûre que ça faciliterait les rapports entre les hommes, au sens large cette fois.

Ah, et Thierry la Fronde ! Qu'est-ce qu'il était sympa, lui aussi !
Il était craquant avec ses jolis collants et sa tunique…
Et sa petite fronde.
Je me serais bien mise toute nue pour lui.
Mais bon, il était avec Isabelle.
Il devait aimer que les blondes.

King Kong aussi je l'adorais, et je l'adore toujours, et j'aimerais bien que moi aussi il me transporte dans sa main.
Mais lui aussi il doit aimer que les blondes.
Qu'est-ce qu'ils ont tous avec les blondes ?

13

Mon copain Jésus

C'est important les codes.

Au fur et à mesure qu'on grandit, ils sont plus nombreux.

Il faut comprendre les codes.

Ces fameux codes du monde…

« Tu peux pas devenir une princesse si t'as la gueule d'un orang-outan… » C'est tout.

Il faut bien qu'il y ait des lois. Ça, c'en est une.

Je sais pas trop d'où elles viennent, ces lois et ces grosses voix, mais bon, il doit y avoir un gouvernement secret quelque part qui décide de tout ça.

Par exemple, si t'es grosse, t'es moins belle que si t'es maigre.

Même si t'es supergentille et bonne en maths. Et *pure*…

Moi j'étais pas bonne en maths mais j'étais gentille et pure.

Et ben y a pas un mec qui me regardait.

En même temps c'était pas trop grave parce que je voulais être bonne sœur.

J'aimais bien Jésus. Il avait l'air pur.

Quelquefois j'entendais des drôles de trucs chez des copains. Ils disaient « moi plus tard, je vais me faire plein de blé »… Ou alors « moi j'aime mieux niquer les autres que de me faire niquer ! J'vous préviens, les gars, je vais pas me faire baiser la gueule dans la vie, moi ! ».

Je ne comprenais pas du tout ce que ça voulait dire, je vous promets.

J'étais un peu en retard sans doute. Mais quand même…

Ça n'avait rien à voir avec Jésus et ce que je savais de lui avec le catéchisme.

Oui, parce que j'ai fait du catéchisme.

Ça rasait un peu j'avoue, mais Jésus je le trouvais plutôt sympa.

Et Jésus, c'était mon code à moi.

Je le trouvais beau, d'abord. C'est vrai que quand on le voit de dos dans *Ben Hur*, il est drôlement bel homme !

Et je trouvais que ce qu'il faisait avec les autres, sa façon de se comporter et d'être généreux, c'était beau aussi.

Oui, Jésus, il disait pas du tout ces trucs de se faire baiser ou pas.

Jésus il disait « si on te frappe sur la joue droite, tends la joue gauche… Et donne tout à l'autre… Partage… Et sois bon… Pense à ton prochain… Traite-le comme toi-même »…

Ça n'a quand même rien à voir.

Comment peut-on penser des trucs si différents alors qu'on est les mêmes êtres humains ?

Moi j'ai fait comme Jésus disait. C'est vrai que quelquefois c'est pas évident, on se fait vraiment déniaper la tronche. Mais bon, si Jésus l'a dit…

Et puis je m'en fous de me faire traiter comme une moins que rien. C'est vrai, c'est pas mon problème... Je préfère et je préférerai toujours tendre la joue droite. Pardon, la gauche.

J'ai donc voulu être bonne sœur quand j'ai eu quatorze ans.

Sans doute pour me rapprocher de Jésus. Et pour combler un manque que je ne pouvais pas bien définir.

J'étais d'ailleurs dans une pension avec des religieuses. Mes parents étaient restés en Afrique et moi je m'étais fait virer du lycée de Libreville, au Gabon, pour racisme parce qu'un type de dix-huit ans m'avait emmerdée, draguée et tout le tralala, et que je m'étais défendue en lui balançant une poubelle en fer sur les jambes. En shootant dedans. Et ça l'avait blessé un peu…

Ça n'avait pas plu au proviseur qui était plus blanc que moi dans sa tête – ça existe les Noirs blancs, on appelle ça des « Bounty » –, et il m'a virée.

Il était complexé d'être noir et d'être petit.

En fait c'était pas un homme, c'était un complexe humain, ce type-là.

Un complexe sur pattes.

Il m'a renvoyée définitivement du lycée qui était au

bord de la mer, et mes parents m'ont mise en pension à Saint-Germain-en-Laye.

Une pension de bonnes sœurs…

J'ai voulu être bonne sœur, pour de bon, j'aimais vraiment certains trucs gentils que disait Jésus.

Je trouvais ça chouette, ça faisait du bien au cœur.

Mais je ne savais pas comment on devient bonne sœur et j'avais demandé à l'une d'entre elles, dans ma pension…

Elle m'a dit « Un jour Dieu t'appellera »…

Et apparemment il m'a jamais appelée.

Enfin peut-être que si, et je n'ai pas entendu.

Ou peut-être que si, mais différemment.

Voilà un autre code qu'il faut comprendre toute seule…

Elle aurait pu m'expliquer mieux que ça, quand même.

Elle s'est pas trop foulée, cette bonne sœur.

J'aime pas les grands, surtout les grandes bonnes sœurs qui se donnent pas la peine d'expliquer des trucs importants aux petits. Je trouve ça nul. Pourquoi elles s'occupent d'enfants alors ? Elles n'ont qu'à aller vendre des tapis.

Ou les films de cul

14

Parler

Parler c'est un truc de base.

Comme respirer.

C'est marrant comme nous avons des trucs sur nous, je veux dire avec lesquels nous sommes nés, et dont nous ne nous servons pas assez, ou mal.

Parler c'en est un.

Parler c'est un truc magique.

On ne se rend pas compte à quel point c'est important.

Ça nettoie, ça fait du bien au cœur, ça soulage, ça fait avancer, ça remue donc c'est vivant, ça peut guérir…

Si on se parle plus on meurt.

Parler c'est un autre code à moi.

Parfois, je sais que j'embête mes fils à toujours vouloir qu'ils me parlent quand je sens que quelque chose ne va pas. Oui, je les ennuie, j'insiste, je ne lâche pas, jusqu'à ce qu'ils me disent, qu'ils parlent, qu'ils sortent finalement ce qui ne va pas avec des mots.

Les mots, quelquefois, c'est essentiel. Ça peut supprimer des maux. Ah ah ah, quel jeu de mots !

Les mots, c'est parfois un médicament naturel, très simple, et auquel on ne fait pas assez confiance. Ça paraît tellement bête qu'on ne prend pas assez le seul fait de parler au sérieux…

J'avoue par exemple être très inquiète aujourd'hui parce que je trouve qu'on ne se parle plus. Entre nous, je veux dire… Dans la rue, dans un magasin, dans un taxi…

On ne se parle plus, là physiquement, là tout de suite, avec celui qui est devant ou à côté, non, on ne se dit plus rien, parce qu'avec les portables par exemple, on est souvent occupé à parler à quelqu'un d'autre qui, lui, n'est pas là.

C'est n'importe quoi quand on y pense.

Mais on le fait.

On fait de ces trucs, quelquefois !

J'ai beaucoup de chance parce que je suis « connue ». Les gens me parlent ou viennent vers moi parce qu'ils m'ont vue à la télé, dans un film ou ailleurs… Et ils me sourient. Et ils ont envie de communiquer.

Il faudrait que tout le monde soit « connu » alors.

Pour que tout le monde parle à tout le monde

15

Être vivant

Quelquefois quand je marche dans la rue,
je croise des têtes de gens qui semblent morts en dedans.

C'est étrange.

Les pauvres.

Qu'est-ce qui a bien pu leur arriver ?

Ils marchent avec des têtes de vivants mais ils sont morts en dedans.

Pas les vieux ni les enfants…

Les vieux ils sont vivants parce qu'ils savent. Les enfants ils sont vivants parce qu'ils ne savent rien et qu'ils ont plein d'espoir, qu'ils veulent tout apprendre.

Non, ça serait plutôt ceux du milieu, les « adultes » comme on les appelle. Ceux qui sont entre les deux extrêmes, à l'âge des crédits et de la course à celui qui sera le meilleur, l'âge où on doit se marier, quand on croit qu'on sait tout, dans son beau costume…

Moi je crois que non seulement on ne sait rien à l'âge

adulte, mais qu'on veut souvent péter plus haut que son cul.

Et on veut tout organiser. Pour péter toujours plus haut, et encore plus haut.

C'est pour ça qu'on vieillit. C'est parce qu'on se lance dans de mauvais combats.

Ça, c'est la petite mort qui gagne du terrain sans qu'on la voie venir, sans qu'on s'en aperçoive.

Quel programme passionnant ! On dirait un projet de guerre…

Et hop, on développe des stratégies pour péter à un mètre vingt, puis à un mètre cinquante, deux mètres, deux mètres cinquante, trois mètres…

Et là on se fait piéger par soi-même, parce que si on fait ça tout le temps, eh ben on se fait engloutir par ses flatulences et on étouffe, on oublie de respirer, de sourire, on se méfie de tout, on ne vit plus.

Parce qu'à force de vivre pour autre chose que vivre, on passe à côté de sa vie, et on meurt à l'intérieur. C'est normal.

Si on ne respire plus, on meurt.

C'est comme ça qu'on est fabriqués, on a beau faire ce qu'on veut pour faire les coqs, inventer n'importe quoi, avoir plein de billets de banque,

de belles voitures,

de belles maisons,

de beaux liftings…

Si on ne respire plus, on meurt.

Je pense à ces gens qui me disent tout le temps que je suis naturelle, qu'ils trouvent ça formidable… Ça me fait un peu peur. J'ai l'impression que c'est bizarre d'être naturel, à leurs yeux.

Comme si on n'était pas le même genre d'êtres humains, eux et moi. Pourtant ils sont naturels, eux aussi.

Non ? Ben si. Pourquoi ne le seraient-ils pas ? Pourquoi ne serait-on pas naturel ?

Je ne comprends pas l'intérêt de ne pas être ce qu'on est, et de ne pas dire ce qu'on pense.

C'est naturel d'être naturel. C'est de ne pas l'être qui ne l'est pas, naturel… Et finalement, c'est comme si ces gens me disaient : « Oh, mais vous respirez, c'est formidable ! » Ça m'inquiète plus qu'autre chose.

Être vivant, être naturel… à mon sens l'un ne va pas sans l'autre.

Quelquefois on meurt sans le savoir. Ça s'appelle la mort virtuelle.

On peut revivre après, il suffit de vouloir vraiment se réveiller… Mais vraiment de toutes ses forces.

Le problème, c'est que quand on est mort à l'intérieur et qu'on s'en rend pas compte, il peut plus rien nous arriver de bien.

Parce que la chance, elle va pas vers les morts virtuels. Elle boude ceux qui savent plus la regarder.

C'est vrai que parfois, on en a tellement, de chance, qu'on ne sait plus qu'elle existe. Et la chance, ça l'énerve qu'on soit comme ça avec elle.

La chance, elle travaille beaucoup pour nous, et pas pour d'autres, très loin…

La chance nous protège. D'autres disent que c'est Dieu. Peut-être qu'ils se connaissent, Dieu et la chance.

La chance, elle aimerait sûrement qu'on la remercie plus souvent. Ça lui ferait sans doute très plaisir. Ne serait-ce qu'un petit merci quotidien, à chaque fois qu'on ouvre l'œil le matin, rien que parce qu'on lui est reconnaissant de pouvoir le faire. Je l'ai déjà dit mais c'est important. C'est même essentiel. Il y en a qui ne peuvent pas le faire. Si à chaque fois qu'on le peut on remercie la chance, je suis sûre que, contente, elle ira voir d'autres gens… Ces gens, si nombreux, qui ont besoin d'elle.

On aura alors la grande satisfaction de les voir sourire, ces gens, rien que ça.

Et on fermera nos clapets.

16

Croire

Moi je voulais être bonne soeur, parce que je voulais très certainement être la princesse de Jésus. Puisque je pouvais pas être celle de Thierry la Fronde… Ça avait l'air d'être comme une planète, le royaume de Jésus, tout ce qu'il disait et comment il voyait les choses…

Un peu comme les contes, mais des contes auxquels on a le droit de croire.

J'avais remarqué que les grands avaient l'air d'y croire, à ce que disait Jésus, parce qu'ils allaient à la messe. C'est vrai, ils prenaient un air concentré, comme s'ils pensaient à ce que disait le prêtre, à fond…

Mais en fait, j'ai vite découvert qu'ils s'en foutaient. Tout le monde s'en fout, je l'ai vu (enfin pas tout le monde mais vous voyez ce que je veux dire…). Puisque sortis de l'église, ils sont pas du tout comme Jésus, les gens, en général…

Ceux qui sont comme Jésus, ils doivent se cacher parce que j'en ai pas croisé beaucoup.

Et ceux qui sont trop purs et bons, comme des anges, eh ben ils meurent. Comme Jésus. Si t'es trop gentil tu meurs. Eh ben merde alors !

Jésus, comme ça, vu d'ici, ça avait l'air d'être un mec chouette qui voulait du bien aux gens, mais après lui apparemment, ça a été un beau bordel… Comme si chacun voulait dire que Jésus, c'était lui ou lui, ou qu'il le connaissait mieux que l'autre, ou que c'était son copain personnel plus que n'importe qui et blablabla…

Un peu comme les vedettes. « Mais moi tu sais, je le connais, j'étais avec lui l'autre jour, je sais ce qu'il fait, je connais tout de lui gnagnagna… »

Tout le monde veut s'approprier les gens connus.

Avec Jésus, ça a dû faire ça aussi. Avant qu'on le tue…

Tout le monde devait vouloir être copain avec lui, et puis d'un seul coup, comme il était trop bizarre, tout le monde a voulu le tuer. Classique.

Quand j'étais petite et que je parlais des personnages de contes, les grandes personnes prenaient toujours cet air de se foutre de ta gueule parce que t'es petite et que t'y crois… « Oh, comme elle drôle ! Comme elle est mignonne à croire à tout ça ! »… Tu sais, ce petit air de crâneur qu'ont les adultes à savoir mieux que les petits… Quels cons.

C'est vrai, les grands, ils veulent toujours te saboter ton bonheur si tu crois à un truc un peu dingue. Pourquoi ils te laissent pas ? Pourquoi il faut toujours qu'ils donnent leur avis ?

Décidément les grands c'est pas mon truc.

Les vieux oui, mais pas les grands. Je veux dire les anciens. Quand ils sont gentils, les anciens, ils sont comme des anges, eux aussi…

Et cette histoire du Père Noël !

Ça, c'est encore une belle arnaque. Un autre code à décrypter vers les onze, douze ans, sinon t'es un débile.

Une sorte de code-arnaque.

Pourquoi inventer une histoire pareille pour nous balancer dans la gueule, après, que finalement c'est pas vrai ? « Mais enfin ! Il existe pas, le Père Noël, quand même ! T'y as cru jusqu'à quatorze ans ? Oh là là d'accord ! » Connards.

Pour moi, une vie passée à vouloir acheter une maison à crédit, une belle voiture et des beaux meubles, ça, ça n'existe pas…

Qui a raison ? Qu'est-ce qui existe ?

Ce qu'on voit ou ce en quoi on croit ?

Il suffit souvent de croire en quelque chose pour que ça existe. Faites-en l'expérience…

Un jour, quand vous racontez une histoire, visualisez vraiment chaque image que vous décrivez, mais profondément… et vous verrez que ceux qui vous écoutent feront le voyage avec vous. Totalement.

Alors que si vous racontez la même histoire mais en étant moins dedans, moins à fond, en ne la vivant pas vraiment vous-même, ceux qui vous écoutent ne la vivront pas non plus.

Ça, je trouve que c'est un phénomène incroyable. C'est un ami comédien qui m'a confié un jour ce secret.

Il m'avait dit : « Quand tu es sur scène et que tu racontes quelque chose à quelqu'un, il faut que tu voies ce que tu racontes… Si toi tu le vois, toute la salle et ton partenaire le verront, et ce sera magique. »

Il avait raison. J'ai refait cette scène de *Madame Sans-Gêne* où je raconte à Napoléon qu'on s'est connus il y a très longtemps, quand j'étais blanchisseuse. Lorsque j'ai décrit la manière dont je montais les escaliers pour lui livrer son linge, mon cœur battait vraiment à l'idée de le voir, assis à son bureau, à travailler… Je m'amusais à revivre ce moment que je n'avais finalement jamais vécu. Et il existait.

C'est comme quand on ment. Vous aurez remarqué que si on croit vraiment à son mensonge, l'autre y croit aussi. Mais c'est horrible ! Pourquoi je parle de ça ?

Moi je crois aux histoires, je crois aux rêves, et je crois qu'ils représentent la réalité puisque aujourd'hui je vis grâce à eux.

Heureusement que je me suis accrochée à mes rêves comme à des bouées de sauvetage.

Au moment où j'apprenais toutes ces mauvaises nouvelles, coup sur coup, en grandissant, en découvrant tout ce qui, finalement, n'existait pas, je me construisais tout un tas de choses qui existaient, et je me disais que j'avais le droit de croire en ce que je voulais…

Il fallait le faire exister, c'est tout. Donner corps à mes rêves. Les construire.

Mon premier, tout premier rôle au lycée, c'était un rôle d'homme parce que j'étais grande et costaude avec mon gros pif. Je jouais le rôle d'un prince… C'était tellement génial de vivre ailleurs que dans sa propre vie, de s'échapper dans des histoires, que je me suis jetée là-dedans. Je découvrais le théâtre… Jouer, sentir son cœur qui bat, sentir une espèce de joie incroyable, une passion et inventer des trucs, imaginer, rêvasser toute la journée et toute la nuit…

Dans mes rêves j'avais droit à tout.

Je sais, je l'ai déjà dit, ça aussi.

Mais ça fait du bien de le répéter.

17

Le gratin dauphinois

Si t'es grosse on te chie dessus.

Même pas… T'existes pas.

Si t'es grosse, t'as une mission à vie, c'est… maigrir.

Toute ta vie, tu penses qu'à ça… Maigrir, maigrir, maigrir, maigrir…

Moi il fallait que je maigrisse de partout, comme mission.

Un docteur avait dit à maman quand j'avais seize ans que j'étais un cas d'obésité… Merci, super.

Allez hop les biscottes sans sel et sans sucre, les haricots verts, les desserts sans dessert, le pain sans pain… Je sais pas où il est ce docteur aujourd'hui mais y en a vraiment qui manquent pas d'air ! Ils se rendent pas compte de la portée de ce qu'ils vous disent…

Et en plus d'être une grosse patate, j'avais un nez comme une patate.

Ça faisait un gratin dauphinois comme genre de fille. On fait mieux quand même.

Donc il fallait que je maigrisse du corps et du nez.

Du corps ça va, il y a des régimes, mais du nez c'est plus difficile. Ça existe pas, les régimes du nez.

Alors, ni une ni deux, j'ai été chez le chirurgien esthétique pour qu'il me fasse maigrir le nez, comme ça peut-être que le reste suivrait.

Je n'ai rien dit à personne, je m'étais trouvé un chirurgien qui opérait chez lui, sûrement un clandestin, mais bon.

Quand je suis arrivée à la clinique, c'est-à-dire chez lui donc, c'est sa femme qui m'a ouvert.

Elle était blonde avec un nez de chihuahua. Tout aplati sur la figure.

Ça donne pas trop confiance, mais je me suis dit qu'il avait dû la charcuter pas mal de fois comme cobaye, histoire de la torturer un peu, et que ça devait l'amuser… Il voulait peut-être la transformer en chihuahua.

Et puis je m'en foutais, c'étaient ses affaires. Moi je voulais qu'il me fasse un autre nez.

C'était son job, ça tombait bien.

Je m'en souviens, j'avais l'impression d'être un coffre en bois qu'un menuisier était en train de raboter, ça faisait bizarre. Je ne sentais rien mais je pouvais identifier des vibrations indolores comme si mon nez était une planche en bois…

Quel
pied
quand je
me suis
réveillée !
Même sous
mon gros pan-
sement qui cachait
une bonne partie
de mon visage, je
sentais qu'il se passait
un truc important... Un
genre de truc assez grave
où on mettrait de la
musique si c'était un film. Je
devinais la finesse merveilleuse
de ce petit nez qui se cachait sous
tout ce bandage blanc et j'étais heu-
reuse ! Le soir même je dansais comme
une folle dans une boîte de nuit. Pour
fêter ma deuxième vie qui commençait. On
naît décidément plusieurs fois. Les gens me
regardaient bizarrement. Ils pensaient
peut-être que je m'étais fait casser la
gueule. Il fallait d'ailleurs

que je fasse très attention à ne pas me faire ne serait-ce que frôler mon nouveau nez, sinon il s'aplatirait comme celui de la femme-chihuahua du chirurgien…

Ce petit bout de mon corps a tout chamboulé.

Du jour au lendemain tu deviens un truc « sexy », comme ils disent…

Voilà un autre code.

Les choses ne tiennent parfois qu'à un tout petit bout de ton corps.

Soudain on te regarde, on te mate. Brutalement. Alors que tu es la même que quand tu étais un gratin dauphinois.

Mais les gens, eux, te voient différente.

Et ça change tout.

Soudain, on te parle comme à un truc qu'on va manger, c'est bizarre, t'as l'impression de t'être transformée en chou à la crème. Ça doit être meilleur que le gratin…

Oui, du jour au lendemain, quand je marchais dans la rue, je voyais dans les yeux de tous les autres « Franky » que j'étais montée en grade, passée première de la classe des filles… J'avais un passeport beauté : mon faux nez. Ah d'accord, c'était comme ça que ça marchait. Bon.

Le reste a suivi. Tout a maigri.

Fini l'orang-outan et le gratin dauphinois. Bonjour le chou à la crème, donc.

Une nouvelle vie s'offrait à moi !

Je ne pensais qu'à extérioriser le bonheur qui m'habitait.

Comme une bombe à retardement…

18

Petites vengeances

Attention danger, nouveau nez !

Ces trucs qui arrivent avec la baguette magique beauté peuvent vous entraîner vers des emballements et des actes irresponsables… Il faut faire gaffe.

Comme quand on est fauché et que tout à coup on a plein de blé… Ça peut vraiment être dangereux.

Cet emballement, cette joie arrivée sur le tard, cette magie nouvelle dans ma vie me faisaient parfois faire des choses à peine avouables avec les mecs.

Un jour, j'en ai oublié un chez moi.

J'ai enfermé un fiancé dans mon petit studio.

On avait dansé toute la nuit, on était rentrés à six heures du mat.

On a dormi côte à côte deux minutes, lui s'était écroulé…

Je me lève à six heures et demie, complètement dans le pâté. Je prends ma douche, je mets mes crèmes, habillage et tout le tralala, et je m'en vais complètement endormie…

Et je ferme la porte à double tour.

Je ne sais pas pourquoi j'ai fait ça.

Mon fiancé était à l'intérieur, il ne m'avait rien fait, aucune méchanceté, il dormait c'est tout, et vraiment, très honnêtement, il me semble qu'il m'était indifférent plus qu'autre chose.

Je bosse toute la journée…

Et le soir je me dis

Je ne rentre donc pas chez moi.

En chemin, une petite pensée me titille :

Je cherche, je cherche dans ma tête ce que ça peut bien être… Et puis je me dis :

Et j'oublie mon fiancé qui devait se geler chez moi, sans chauffage, enfermé à clé.

Je suis restée plusieurs semaines chez mes parents, j'allais dormir chez eux tous les soirs parce que le temps était glacial.

Au bout de je ne sais plus combien de temps, je me dis :

En montant les escaliers, j'entends du bruit, et je me dis :

Je déverrouille ma porte, j'ouvre, et je vois, à moitié nu, mon copain devant la télé, tout agité, dans mon studio qui s'était transformé en champ de bataille !

Et voilà, c'est un peu comme ça que ma vie amoureuse et ma découverte des hommes commençaient…

C'est parfois cruel, l'amour…

Pourquoi diantre avais-je fait un truc pareil ? Intéressant à psychanalyser, un acte manqué comme celui-là.

Je me suis dit que ça signifiait manifestement que je ne tenais vraiment pas beaucoup à lui et que je ne savais pas comment le lui dire.

Voilà qui était fait.

Je me fabriquais mes codes à moi, après tout. Mon passeport beauté me donnait accès à une vie de femme qu'il fallait que j'assume, que je découvre…

L'amour est un long apprentissage, une sorte de parcours du combattant.

On peut s'emballer pour quelqu'un qu'on admire parce qu'il correspond à une image qu'on se fait de l'amour, ou de l'homme. Et puis une fois la griserie de la découverte passée, les choses deviennent fades, répétitives. Je ne savais pas encore à quel point j'étais impatiente d'amour toujours ardent, sur le gril... Dès que les choses devenaient accessibles, normales, vécues de façon sereine, il fallait que je foute tout en l'air. Ou était-ce autre chose encore ? Toujours est-il que parfois, le désamour m'entraînait dans des réactions étranges et à peine avouables.

Un autre jour, c'était par une moche après-midi, dans une ville morte, un dimanche...

Nous sommes nombreux et fatigués.

Moi je suis triste et de mauvais poil.

On déambule mollement pour trouver un café.

On prend le premier bistrot venu, et on se vautre comme des cloportes dans les chaises après les avoir traînées vers les tables préalablement regroupées en faisant crisser les pieds sur le macadam. Bien.

Tout le monde, calé dans sa chaise, commande.

Rien ne me donne envie, tout me fait chier, mon fiancé avec. Je le trouve à côté de la plaque, on s'est un peu engueulés, bref ça sent le pétard mouillé, la fin des crocodiles, c'est pas le pied...

Et j'avoue que je déteste quand on est plein de monde comme ça, on peut pas se parler.

Je me demande ce qui pourrait me mettre un peu de rose au cœur...

Je réfléchis bien…

Mais oui, bien sûr… Un bon café liégeois. Oh oui, un café liégeois ! Génial, s'ils en font…

Ouiiiii ils en font, me dit le garçon… Inespéré !

Je suis
peinarde, la
journée va
devenir belle pour moi, je vais avoir
mon café liégeois chéri et on va se
comprendre tous les deux… Je ne
pense plus qu'à ça… Alors…
Comment je vais le man-
ger… Oui, je sais, il faut
que je commence par un
tout petit peu de crème
fouettée qu'il y a sur le
haut, mais par le côté
surtout, pas au
milieu de la crème,
non, sur le côté,
en faisant glis-
ser la cuillère
le long de
toutes les
couches, à
l'inté-
rieur du verre de la
coupe, sans trop entamer la
construction. Il s'agit d'avoir,
après la chantilly, un peu de

glace, puis de la liqueur, puis remonter doucement et mettre tout ça dans ma bouche… Quel pied ! Vivement qu'il revienne avec le chef-d'œuvre…

Quelques minutes plus tard, telle une apparition, mon café liégeois arrive comme un roi sur son trône, porté par son esclave qui me le dépose sur ma table.

Je suis heureuse comme si on venait de me remettre un prix. Je regarde mon nouvel amour. Oh qu'est-ce qu'il est beau, mon café liégeois ! « J'irai embrasser son créateur après, me dis-je intérieurement. Il doit être merveilleux pour faire un truc aussi beau… »

Et je reste là, ébahie, transie devant la beauté sensuelle et parfaite de ce canon de café liégeois.

Soudain arrive en trombe la petite cuillère de mon fiancé, comme un scud qui atomise le beau petit monticule de crème fouettée de mon café liégeois. La merveille est détruite en quelques secondes.

« Oh tu m'en donnes un peu ! » crie mon fiancé avec une voix d'arriéré mental.

J'ai envie de le tuer. Le taper, le détruire à son tour.

Évidemment je ne le fais pas, mais je lui crie dessus comme si on venait de faire du mal à quelqu'un que j'aimais.

Le problème c'est qu'un café liégeois n'est pas, aux yeux du monde, un être humain. Même si pour moi il l'est, quasiment.

Mon fiancé m'a regardée comme si j'étais devenue complètement pétée du casque. Les autres aussi, autour des tables.

J'ai encore pleuré un peu, et je me suis plongée dans

ce qui restait de mon plaisir à la crème, dans mon coin, en silence.

Je l'ai quitté la seconde d'après évidemment.

Pas le café liégeois bien sûr, mon fiancé.

19

L'amour 2
ou
Apprendre à aimer

Pourquoi ai-je l'impression de n'avoir toujours pas compris quoi que ce soit aux prétendus « codes » de l'amour ?

Je crois que je leur trouve une sale gueule, à ces codes…

Comment les gens font-ils pour s'aimer ? Pour avoir confiance en l'autre, comme ça, dans l'absolu ?

Je parle de la passion bien sûr. L'amour c'est forcément la passion, le reste pour moi n'existe pas…

Quand on aime quelqu'un passionnément, comment le simple fait de se séparer de lui, ne serait-ce que quelques minutes, est possible ?

Comment ne pas le coller sans arrêt, ou vouloir qu'il vous colle ? Comme les oiseaux qui s'appellent des « inséparables ». Ou comme le faisait mon petit singe Timothée.

Aimer, c'est total, sans recul, sinon ça ne vaut pas le coup d'aimer.

Ou alors ça s'appelle autrement.

Aimer, de toute façon, c'est se manger, se pétrir, se dévorer, puis se laisser, un peu, pas trop longtemps, et se reprendre.

L'amour c'est se pénétrer, oui, dans tous les sens du terme.

Pourquoi nous déconseille-t-on toujours la passion ? Qui s'y connaît suffisamment dans ce domaine pour s'octroyer le droit de la déconseiller aux autres ? Je crois que les gens qui déconseillent la passion ne l'ont pas vraiment vécue. Ils ne sont pas des aventuriers de l'amour. Ils veulent une assurance.

Moi je ne veux pas d'assurance dans l'amour, je ne veux pas non plus de tourisme. En amour, je veux loger chez l'habitant.

Je veux l'**HIMALAYA** en amour, le ciel, les étoiles, avec les tempêtes, les orages, les foudres et la pluie.

Et l'azur.

Et l'inconnu.

Ils sont bizarres, les gens qui veulent essayer de mettre une raison dans l'amour. Je ne sais pas comment ils font. Ils ont du recul, ça doit être ça. Moi je n'ai pas de recul de façon générale, et encore moins en ce qui concerne l'amour.

Quoi qu'il en soit, l'amour est et restera pour moi une question immense.

Je réfléchis tout le temps à ça, je songe tout le temps à l'amour.

Et en même temps, malgré mes idéaux, malgré mes

exigences, je pense qu'au fond je n'y crois pas. Je n'y crois pas comme les gens disent qu'il faut y croire.

Je pense qu'au bout d'un certain temps, une fois la découverte, la griserie, l'excitation passées, il ne reste pas « ce qu'il y a de plus valable, de plus précieux, de plus profond : la tendresse, blablabla... ». Ceux qui disent cela sont soit des gros menteurs, soit des gros champions de l'amour, soit les deux.

Oui, pour moi, c'est hypocrite de penser ça.

Je me dis qu'il peut y avoir ça, et alors c'est magnifique et précieux, mais je pense que c'est très rare...

J'ai l'impression que ce qui se passe souvent, c'est qu'on s'arrange avec la passion qui se fane. On se raconte autre chose. Mais je ne pense pas que cette « autre chose » soit si belle et soit, en tout cas, mieux que la passion. C'est sûrement très beau aussi, mais pour moi, ce n'est plus de l'amour amoureux, c'est de l'amour tout court.

C'est mieux que rien, me direz-vous. Mais je n'arrive pas à m'y faire. J'aime mieux rien que pas d'amour amoureux.

Oui, voilà, je ne conçois que l'amour amoureux. Si l'amour n'est plus amoureux, il doit s'appeler autrement.

C'est comme une Rolls : si elle a un moteur de deux-chevaux, c'est plus une Rolls.

C'est comme un arbre : s'il est en plastique, c'est plus un arbre, même s'il en a tout l'air extérieurement. Ce n'en est pas un puisqu'il n'est pas en bois, puisqu'il ne pousse pas, puisqu'il n'est pas vivant...

Ce petit arrangement de l'amour tout court peut parfois devenir mesquin et restrictif. Parce qu'on n'a pas le courage de changer de vie, pour des raisons matérielles ou même personnelles, alors qu'au fond de soi on en a envie.

C'est à ce moment-là qu'on commence à vivre son besoin d'amour amoureux, mais ailleurs qu'avec la personne officiellement aimée. On garde sa bonne petite vie rassurante et bien installée, et on batifole en dehors. Finalement, on ne vit rien à fond.

Et moi, du haut de ma petite philosophie personnelle, je trouve que ça, c'est nul.

Il y a des gens qui se fichent de l'amour. Je veux dire que pour eux, l'amour absolu n'a pas d'importance. Ils se foutent de la qualité extrême de l'amour qu'ils vivent.

J'avoue que je ne désire que l'amour suprême absolu, limpide, féerique. Organique. En perpétuel mouvement.

Dans mes relations amoureuses et d'amitié.

Je ne comprends pas comment on peut vivre sans ce désir d'absolu, d'ailleurs. D'absolu amour.

Pour moi la vie n'a que ça d'intéressant.

L'amour et ce qu'il engendre.

Il n'y a que l'amour absolu et dangereux, fort et total, qui déclenche des belles choses.

Même s'il ne s'agit pas de l'amour pour un homme, mais de l'amour passionné pour ce qu'on fait, pour les autres…

La création par exemple. La création artistique.

On crée par amour. Pour partager quelque chose, donner des émotions, des impressions, des idées, des images qu'on aime et qu'on a envie de faire aimer…

L'amour devient là encore un mouvement perpétuel qui ne s'arrête jamais… On donne à d'autres qui, en retour, nous donnent leur perception de ce qu'ils reçoivent. Cette perception nous fait du bien, nous apporte quelque chose, nous nourrit, et nous redonnons autre chose…

Je déteste l'ego, l'idée de l'ego, d'avoir un ego, cette notion de se faire connaître pour exister, pour se faire aduler, être haut placé, « important », « gradé », traité comme quelqu'un qui « pèse »…

J'ai vu qu'il y a des gens qui aiment ça. Qui ont même besoin de ça. Moi je déteste. Vraiment. Tout comme la hiérarchie sociale. La reconnaissance par l'extérieur.

C'est pour ça que je suis souvent mal à l'aise en société. Je fuis les relations extérieures. Les relations qui restent en surface des choses.

Je n'aime que l'intimité, le vrai partage, la complicité, la vérité et la folie.

Moi qui croyais que tout le monde recherchait ça… Parce que pour moi c'est le sens de la vie.

L'âge et la maturité m'ont montré que non, tout le monde ne recherche pas ça, et du coup je m'isole beaucoup et je ne me sens vraiment bien qu'avec mes enfants ou mon amoureux.

Avec mes parents aussi. Parce que avec ses parents, comme avec ses enfants, les relations sont obligatoirement vraies. Dans ma famille en tout cas.

Quand je suis invitée à la télévision, c'est différent parce que j'y viens pour parler d'une chose artistique dans laquelle je suis complètement investie et je me dis toujours au fond de moi que j'ai beaucoup de chance d'être là. Je veux dire de pouvoir parler de ce que je fais, publiquement… Beaucoup d'autres artistes ne peuvent pas le faire, alors qu'ils le mériteraient.

Et je me persuade qu'il faut y aller, dans cette petite boîte qui fait parfois des choses bizarres et pas toujours très belles, tout simplement parce que je pense qu'il y a forcément d'autres gens comme moi, qui regardent et qui me comprendront.

Donc, dans cette situation particulière et excessive de la petite boîte télé, je donne le maximum de moi-même avec le souci de ne jamais me plaindre, de ne jamais m'attarder sur des réflexions trop égocentriques, de ne pas être complaisante, de ne pas mentir, de dire tout ce qui me vient…

Et faire rire, souvent en me moquant de moi. La dérision devient une obsession.

J'en suis arrivée à parler de télévision alors que je parlais d'amour.

Justement c'est lié. Je crois que je me sens poussée à aller parler de ce que je fais à la télévision parce que même si je me sens de plus en plus mal à l'aise dans les émissions qui existent, je me dis qu'il n'y a aucune raison que je ne puisse pas informer les gens, mon grand « monstre métis », de ce que je fais et de ce en quoi je crois.

Mais c'est de plus en plus difficile d'être totalement naturelle à la télé parce que dans les émissions à grande écoute, on a de moins en moins de temps de parole simple et désintéressée. Tout doit toujours être clinquant, brillant, ou choquant, enfin quelque chose qui impressionne, qui fasse sensation… Je le sens et c'est terrible.

Je repars souvent d'une émission de télé avec le moral au plus bas et une immense envie de pleurer. Sauf quand elles se déroulent très tard la nuit. Là il peut se passer quelque chose de chouette et vrai, là seulement on se sent libre.

Je dois être beaucoup trop idéaliste.

Et rêver à des choses qui n'excistent pas...

20

Trou d'air

Aujourd'hui je me sens désincarnée

Ça m'arrive quelquefois de me sentir comme ça.

Comme si je n'étais pas réelle.

Comme si je n'existais pas vraiment.

C'est bizarre quand même. Parce que j'ai l'impression que je me fais des idées qui ne peuvent et ne pourront jamais exister. Des idées sur l'amour total. L'amour absolu, transparent comme l'eau d'une rivière… Que ce soit l'amour entre les êtres de façon générale, ou entre les hommes et les femmes. Tous les amours quoi.

J'ai l'impression que ça n'intéresse personne de s'aimer. Juste de s'aimer, comme ça, sans rien autour.

Si, les seuls qu'on essaye d'aimer vraiment, en donnant l'impression de s'y intéresser pour de bon et à fond, ce sont les enfants.

J'ai peut-être aussi enfin compris que l'amour entre un homme et une femme, tel que je l'imaginais, n'existe pas. Qu'il ne peut pas exister.

Quand on y réfléchit, comment demander à un homme et à une femme de s'aimer comme s'ils étaient nés l'un pour l'autre, alors que non, c'est pas vrai ? C'est toujours relatif l'amour entre un homme et une femme, me direz-vous, il n'y a rien d'objectif dans l'amour, et c'est ça qui fait que c'est de l'amour. Eh bien alors raison de plus pour plonger à l'extrême dans ce manque d'objectivité, pour se laisser absolument porter par lui, pour se laisser engloutir par la passion dans toute sa démesure.

Ce matin, non, je ne crois plus à l'amour. Celui que je veux.

Je crois qu'il n'existe pas. J'en attends vraiment trop.

Il doit être céleste,
ailleurs dans les étoiles,
quelque part peut-être…

Mais pas dans ce monde réel.

Il me guide pourtant. Tellement je le veux, tellement je l'espère. Comme à quatorze ans.

Et en même temps je n'y crois pas.

Rien de logique là-dedans. Juste deux sensations simultanées qui se mêlent violemment.

Désincarnée

J'ai écrit ce mot tout à l'heure avant d'accompagner mon fils à l'école.

Oui, je me sens parfois être désincarnée.

Non, je me sens parfois désincarnée.

On ne peut pas « être » désincarnée.

J'ai l'impression de ne pas être de ce monde quelquefois. Comme si j'étais là sans y être. À cause de cette fichue tendance à mettre l'amour sur un piédestal, à penser que c'est la base de tout.

Pourtant je suis bien ancrée dans le sol, j'ai les pieds sur terre comme on dit et je me sens plutôt de la campagne que du macadam, je veux dire par là que j'aime le vrai, l'authenticité de la glaise.

Mais dans le fond, je le dis et je le répète, je me sens surtout appartenir à mes rêves, bien plus qu'à ma vie matérielle, « réelle ».

Peut-être que je serai seule toute ma vie, parce que j'attends trop de l'amour aussi…

J'ai toujours chassé, enfin souvent, les hommes que j'aimais. Au début… Parce que petit à petit je ne les aimais plus, je ne sentais plus le mouvement, la rage, les surprises, l'inattendu, la griserie continuer, j'avais ce sentiment détestable qu'ils s'installaient un peu quand même… Pas complètement affalés sur nous et notre amour, mais quand même dans un bon fauteuil bien confortable.

J'avoue que, en ce qui me concerne, l'amour est un sujet d'inquiétude incessant…

Je crois que l'inquiétude est totalement liée à l'amour.

Je pense même carrément que si on n'est pas toujours un peu inquiet c'est qu'on n'est pas vraiment amoureux.

Donc je suis inquiète, mais pas dans le sens de me

miner pour rien et pour le plaisir, non, disons que je suis toujours sur les charbons ardents, cherchant à renouveler les choses, à faire plaisir à l'autre, à lui donner, à le surprendre, à le faire rire, à l'aimer quoi…

On peut aimer trop ? Vraiment ?

Moi je crois que non.

Que sa façon d'aimer gêne l'autre oui, mais trop aimer, je crois infiniment que ça n'existe pas. À moins que…

Le problème c'est que donner n'est pas forcément quelque chose de bien.

Souvent les gens me disent « oh mais que tu es généreuse ! ». Or ce n'est pas forcément une qualité merveilleuse, d'être généreuse.

Quand on donne beaucoup, tout le temps, ça pèse sur ceux à qui on donne. C'est comme si vous faisiez une livraison de tonnes de béton chez quelqu'un tous les matins devant sa porte : il pourrait plus sortir, il pourrait plus aller dehors dans son jardin, il pourrait plus vivre quoi, ça l'emmerderait plutôt qu'autre chose.

Non, finalement, ça peut être un grand défaut, de donner.

Et de trop aimer.

21

La jalousie

Donc souvent, enfin c'est ce que j'ai vécu, je sens que le mouvement perpétuel qui caractérise les débuts de l'amour ralentit un peu chez l'autre…

Je suis obsédée par ce mouvement, je ne suis jamais en repos, ça fatigue souvent l'autre d'ailleurs, mais c'est sûrement parce que je panique au fond de moi à l'idée de ne plus plaire, de ne plus surprendre.

Et qu'aussi je vois la vie comme ça. Je suis comme ça avec moi-même, je ne me repose jamais. Donc mon mouvement à moi ne ralentit pas, et plutôt que de le freiner, j'en rajoute sans doute, et ce n'est pas mieux.

Quand je sens que les choses « sont faites » pour l'autre, qu'il commence à s'asseoir sur notre relation acquise pour lui, ça me fait m'enfuir, tout doucement…

Mais avant, j'essaye par tous les moyens de sentir, de percevoir que c'est toujours à vif, que notre amour est aigu, qu'il existe, je veux le palper…

Sans relâche.

Et comme je sens qu'il me quitte un peu, cet amour effréné du début, je dois penser qu'il quitte aussi l'autre.

Je deviens très jalouse… Puisque je n'y crois plus. Puisque je ne vois plus dans cet amour la rareté du début.

C'est comme une guerre pour moi, l'amour, à ce moment-là.

Ma jalousie pointe le bout de son nez quand on s'est dit qu'on s'aimait, qu'on a fait l'amour, qu'on se retrouve régulièrement ou qu'on habite ensemble, quand on se connaît… Il y a à ce moment là une peur qui monte en moi, une peur panique.

En réalité, les choses sont juste moins aiguës, elles deviennent calmes et toujours belles, mais j'ai peur. Comme si tout mourait en s'installant, encore une fois.

Cette sensation que l'arrêt du mouvement c'est la mort…

J'ai peur de ne plus suffire à l'autre. J'ai peur qu'il se lasse de moi, et je deviens donc très jalouse parce que je vois dans toutes les autres femmes une plus belle, plus intelligente, plus surprenante femme que moi… Forcément. Et ça devient insupportable.

Dans le fond je voudrais être tout le temps seule au monde avec mon amoureux.

Au début, on l'est bien, seuls au monde…

On se voit toujours seuls, comme dans une bulle.

Pourquoi ça doit changer après ?

Je déteste partager mon fiancé.

Je déteste que d'autres femmes le regardent.

Je déteste qu'il parle à d'autres gens, même des hommes.

Je suis jalouse de tout… même d'une affiche avec une belle femme qu'il regarde… même d'un beau paysage qu'il regarderait sans me le montrer, sans avoir besoin de le partager avec moi.

C'est horrible !

Je voudrais un amour
comme *Isabelle et Thierry la Fronde*,
comme **La Belle au Bois Dormant et son prince**,
comme *Blanche-Neige et son sauveur*,
comme LE DOCTEUR JIVAGO,
comme **Superman et Loïs**,
comme **Elephant Man et la gentille actrice**,
comme *le Petit Prince et sa rose*,
comme Harold et Maude,
comme **Roméo et Juliette**…

Le point commun de certains de ces hommes, c'est qu'ils ont des collants.

Et des hommes en collants, ça ne se fait plus.

C'est dommage. Pourtant un bon collant bien chaud, c'est agréable et ça maintient bien tout en place.

Quand j'étais plus petite, vers seize ans, je voulais mettre des collants à tous mes petits fiancés. À Franky par exemple. Des collants magiques qui l'auraient fait devenir pour toujours un superhéros.

Mais il voulait pas.

Alors je le forçais.

Et quelquefois, quand vraiment il était de bonne humeur, on sortait comme ça, lui en collants, là, à côté de moi, c'était merveilleux.

Pas pour lui, mais pour moi. Les gens l'admiraient sûrement pour ses courageuses preuves d'amour.

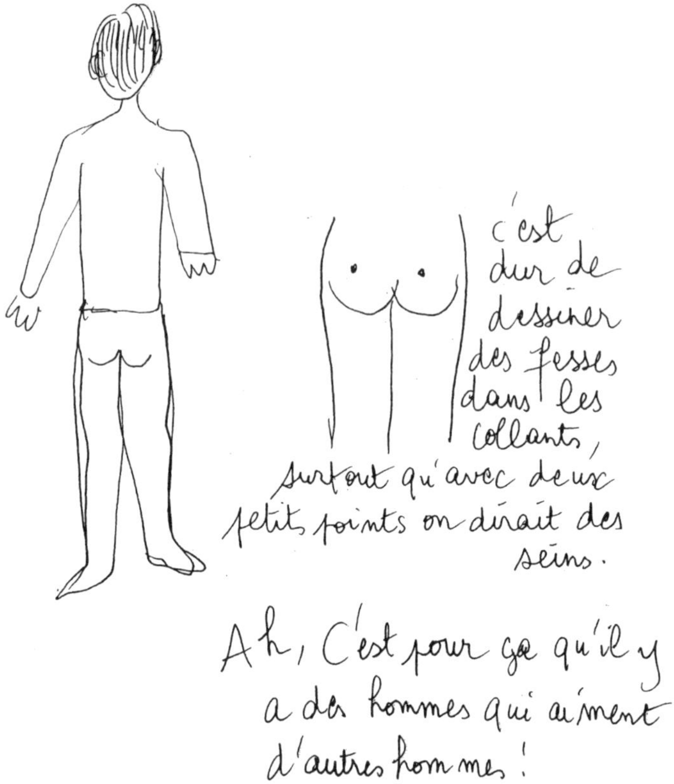

La jalousie, donc.

La jalousie envers une belle femme, n'importe laquelle ! Elle, elle n'a rien fait, bien sûr, c'est juste une enveloppe, mais ça me rend malade, je ressens un truc monstrueux dans le ventre.

Et je me mets à rêver de trucs débiles et honteux…

Je rêve d'un décret qui nous accorderait par exemple une journée par mois pour être complètement seuls au monde, notre fiancé et nous.

Quel pied !

Ça pourrait être possible, c'est une question d'organisation. Il pourrait y avoir une centrale ! On téléphonerait : « Allô, oui, bonjour, nous c'est le code 8579 BXZ 72, oui, ce serait pour une demande de nettoyage ponctuel de femmes… Alors, ça serait pour demain à partir de 18 heures, jusqu'à midi le lendemain, est-ce que le créneau est libre ? Oui ? Ben on le réserve alors ! Merci, au revoir monsieur. »

Et toutes les autres femmes entreraient dans des souterrains à ce créneau horaire ! Il y aurait plus que nous et notre homme !

Nous, nous toute seule, et lui !

Ça serait génial, on aurait plus mal au bide, plus d'autres fesses, plus d'autres seins, la paix ! Nous et lui, nous et lui ! Et les autres hommes aussi… Ben oui, les autres hommes pourraient sortir, ça ne nous dérangerait pas.

Ça rend trop fragile, l'amour…

Ça rend con et cul-cul.

Nous sommes des petits êtres très fragiles.

Quelle galère d'être une femme amoureuse !

Les hommes doivent prendre soin de nous.

Messieurs, il faut faire un gros effort et tenter de nous comprendre. Vous ne vous rendez pas compte que si vous le faites, nous pourrons déployer pour vous des trésors insoupçonnés. L'amour peut nous dévaster mais aussi nous transformer en Wonderwoman !

Si vous le méritez, vous nous verrez comme jamais.

22

Les couples

J'aime pas les couples.

Quand je vois un couple, je me demande tout de suite «qui trompe qui?». Je sais, c'est horrible, mais c'est vrai. Je peux pas m'en empêcher.

Sauf pour de rares exceptions, où je sens le fluide amoureux qui passe entre un homme et une femme. Mais qu'est-ce que c'est rare, ça aussi…

Pourquoi est-ce comme ça?

Je ne me suis jamais mariée et j'ai beaucoup quitté. Justement, peut-être à cause de ça, parce que je voulais pas ressembler à ça, jamais.

Quelquefois je me dis que j'aime mieux être la maîtresse d'un homme que sa femme.

Mais en même temps c'est débile.

23

Chapitre interdit aux hommes

Il existe plein de petits trucs pour aller mieux quand on est une femme.

Pour s'aider soi-même quand on n'a personne aux alentours, se sentir toujours bien vivante.

J'ai réfléchi à quelques exemples…

1. Faire des surprises à son homme.

Un jour, changez complètement d'apparence, de vêtements, de coiffure, amusez-vous à vous déguiser en une autre femme… Rejoignez-le comme ça au restaurant, en le faisant un peu attendre.

2. Se prendre un week-end entier avec une copine ou seule, et rester au lit devant des films à la télé, en buvant du bouillon de légumes et de l'eau, de l'eau, de l'eau, et en faisant pipi, pipi, pipi…

Vous faites ça pendant deux jours, et vous repartez neuve le lundi.

Surtout sans culpabiliser.

3 Un jour de gros coup de fatigue physique ou mentale, aller faire des UV.

4 Économiser un resto et, avec l'argent, se payer plutôt un bon soin du visage.

5 Respirer quand ça va mal… tout simplement.

Isolez-vous et respirez profondément en faisant le vide, c'est-à-dire en ne pensant qu'à bien respirer.

6 Parler à ses enfants quand ça va mal.

Ne faites pas la superfemme qui va toujours bien. Ils seront contents que vous leur confiiez vos soucis, même intimes, ils vous verront moins comme une surfemme et un « adulte » toujours au top, qui finalement est très différent vu qu'il a l'air de n'avoir jamais aucun problème, ils se diront « tiens, maman a des problèmes, elle est comme nous alors, donc nous sommes normaux »…

Nos enfants aiment qu'on leur confie parfois des problèmes qu'on a, ça leur fait forcément du bien, ça leur montre qu'on a confiance en eux, ça leur montre qu'on a besoin d'eux, et qu'ils ne font pas partie d'un monde différent du nôtre.

7 Écouter ses enfants.

Écoutez ce qu'ils ont à vous raconter, en détail, et s'ils ne parlent pas facilement, poussez-les à le faire. Ça ne peut leur faire que du bien, même s'ils râlent au début.

Écoutez leur point de vue sur les choses, sur leurs profs, leurs copains…

Intéressez-vous vraiment et sincèrement à leur vie, à leurs passions passagères pour certains jeux qui vous semblent bizarres ou débiles. Si c'est essentiel pour eux il faut s'y arrêter un moment, s'y pencher. Cela leur fera un plaisir secret que vous n'imaginez pas. Et au lieu de leur interdire systématiquement de jouer, essayez plutôt un jour de faire une partie avec eux. Vous partagerez quelque chose d'important à leurs yeux. Vous les comprendrez mieux, vous communiquerez mieux avec eux.

8 S'accrocher un sourire, même un peu forcé, le matin, sur le visage.

9 Se dire qu'on a de la chance de se réveiller sous un toit, d'être en vie, et pas malade. Remercier d'avoir à manger.

10 Si on se sent vraiment trop grosse et mal dans sa peau à cause de ça, demander de l'aide à toute sa famille et ne plus faire la cuisine, juste le temps de faire un vrai régime, très dur au début…

Prenez votre repas « spécial régime » selon ce que vous aurez choisi, vous aurez donc le sentiment d'être remplie, et buvez de la tisane pendant que tout le monde mange le repas classique, en vous verrouillant pour ne rien manger.

Si c'est trop dur, évitez de vous mettre à table pendant la période du régime.

En tout cas aidez-vous un peu quand vous vous pri-

vez. Aidez-vous en vous faisant des petits plaisirs à côté...

Prenez de bons bains avec des huiles, massez-vous, avec une tisane à côté, respirez, décontractez-vous au maximum, faites le vide...

Goûtez toutes les sortes d'eau, faites-en un jeu, puisque l'eau est votre alliée principale pour un régime.

Ne parlez pas de ce régime et interdisez qu'on en parle et qu'on vous fasse des réflexions. C'est une histoire intime qui ne regarde que vous et pour laquelle vous avez besoin d'aide et de discrétion.

!! Écrire... Écrire ses états d'âme, écrire ses secrets, ses fantasmes, ses joies, ses peines, ses espoirs... S'exprimer, faire sortir des choses de soi-même, s'écouter...

Respectez ce que vous êtes et vos talents, aussi petits soient-ils...

Tout le monde peut écrire.

Pour écrire, il suffit d'écrire. De prendre une feuille et du papier et de laisser sortir ce qui vient... Instinctivement. Laissez la réflexion faire son travail seulement après, lorsque vous vous relisez et qu'alors, vous commencez à vous corriger...

Respectez votre travail, ce qui sort de vous, aimez-vous un peu...

Sans toujours vouloir faire de la littérature.

Écrire n'est pas obligatoirement être performant en mots ; écrire, cela peut être juste s'exprimer et partager.

Écouter ses premières pensées du matin, elles sont très importantes. Primordiales. Les petites pensées ou images qu'on a entre le sommeil et le moment où on se lève…

13 Écouter ses rêves. Y prendre garde si on s'en souvient. Les étudier à sa façon, y penser, les noter, être consciente de leur valeur, de la valeur de tout ce qu'il y a en soi, « à portée de main »…

14 Réaliser des choses qu'on rêve de réaliser.

Petits projets, petits talents pour lesquels on ne s'accorde pas de temps sous prétexte qu'on n'en a pas. C'est faux, on en a, mais on ne l'utilise pas pour nous, ce temps. On va au resto avec des copines, des copains, on cherche la détente et les solutions à nos petits problèmes chez les autres alors qu'on peut les trouver nous-mêmes, dans nous-mêmes, mais il faut s'écouter et se donner du temps pour ça.

15 Arrêter de penser qu'à quarante ans, on devient vieille et que la pente descend.

Cette idée de pente qui descend est débile et je ne sais pas d'où vient une telle connerie.

Ça doit être pour que les crèmes de beauté se vendent…

La pente monte toujours et la fin, pour moi, c'est le sommet de la montagne.

On ne fait qu'avancer, et si on pense à cette idée de dégradation, c'est uniquement à cause des choses extérieures à nous, des images qu'on avale, qui nous imposent l'idée qu'être belle c'est être jeune.

C'est un truc de taré, tout à fait contre nature.

Quand on feuillette un magazine, il faut le faire comme un jeu, et avec beaucoup de recul, et se répéter que ce ne sont que des images, et que ces images sont souvent truquées, les photos des magazines sont pratiquement toutes retouchées, et quand elles ne le sont pas c'est parce que les mannequins ont quinze ans ou à peu près. Elles sont belles, sublimes, magnifiques, mais vous, nous, les autres aussi… L'éclat, quand il n'est pas figé dans une photo, vient de la vie, de l'intérieur, de la force, de l'énergie…

Ne vous laissez pas envahir par ce qu'on dit dans les journaux ou les magazines, ayez votre propre avis, votre propre goût, votre libre arbitre. Moi, par exemple, j'aime dire que je suis vieille, par jeu bien sûr, parce que j'ai remarqué que pour beaucoup de personnes ce mot était comme un « gros mot »…

 Se promettre que par n'importe quel moyen on va, dans une journée, rigoler au moins dix minutes.

Rire est essentiel pour la santé. Même si on se force au départ, avec n'importe quoi, une blague nulle, oui, même si on doit déclencher le rire mécaniquement, ça vaut le coup de le faire.

 Écouter toutes ses envies, ou en parler si elles effraient, si elles font peur… S'écouter, et parler à l'homme qu'on aime… Lui parler et l'écouter…

 Quand on se sent vraiment mal, fragile, de mauvaise humeur, et que ce sont de ces journées où on a la sensation que tout va mal, et qu'en plus le ciel est bas et gris, se laisser aller, ne pas lutter, se protéger en s'imaginant dans une coquille, et ne pas se forcer à être extérieurement quelque chose, prendre le droit de dire qu'on ne va pas trop bien mais

que ce n'est pas grave, que ça va passer, se donner le droit de pleurer, se confier à son homme ou même à ses enfants si on le sent, écrire ses tourments si l'on est intravertie, j'insiste, mais ne pas culpabiliser d'être dans cette phase bizarre où tout est noir, c'est un passage à traverser dont on sort plus riche si on l'accepte…

Je ne sais pas d'où vient cette idée bizarre qu'il ne faudrait jamais partager ses tristesses… Quand un ami intime ne me fait plus signe et qu'il me dit quand je finis par le voir « j'ai été mal, mais je ne voulais pas t'embêter avec mes problèmes », je prends cela pour un manque de confiance, un manque d'amitié et de partage. Les amis sont surtout là pour quand ça va mal, et ceux qui ne veulent pas me confier leurs tourments, leur mal-être, leurs soucis me rendent tristes, et je doute de notre amitié…

De façon générale j'ai remarqué que les gens se confient rarement. Ils expriment rarement ce qu'ils ont au fond d'eux. Je pense que c'est une erreur.

Sans doute une protection, mais de quoi devraient-ils se protéger ?

Oui, je comprends qu'on ne dévoile pas ses pensées intimes à n'importe qui. D'accord, mais au moins un minimum de vérité, sinon à quoi bon rencontrer d'autres êtres humains ? Pour ne parler que des autres, pour dire du mal, critiquer, faire des phrases sur la politique et le gouvernement et le monde et les pays où « tout va si mal, où les pauvres meurent de faim » ?… Oui, bon, mais en quoi cela est-il sincère et investi ? Après le repas, on ne va pas tous prendre l'avion pour aller faire ce qu'on a dit qu'il fallait faire pendant le dîner vis-à-vis de tous ces pays qu'il faudrait aider…

Personne ne parle jamais de soi ou de choses intimes qu'il a découvertes. Rares sont les êtres qui racontent, sans besoin de briller, une œuvre qu'ils sont allés voir, un truc, n'importe quoi, une petite chose.

Un jour, pendant un dîner mondain, j'aimerais tant essayer d'expliquer à mon voisin ou à ma voisine le plaisir merveilleux et répété d'accompagner et d'aller chercher mes enfants à l'école. Est-ce que mon voisin ou ma voisine serait intéressé par ce genre de sujet de conversation ? J'imagine déjà que non. C'est bien triste.

De toute façon, je vais jamais dans les dîners mondains.

24

Apprendre à être une femme*

Je me ronge les ongles

Ce n'est pas du tout féminin.

Je crois que ça me donne la sensation secrète d'être toujours petite. Une vieille petite, mais une petite quand même.

J'ai l'impression, avec mes moignons, que ma mission d'arriver à être une vraie femme n'est pas terminée. Quand j'aurai des ongles, c'est que je serai arrivée à être une femme. Et je n'ai pas envie d'arriver à être une femme… Ce serait comme si j'avais plus rien à gagner, à faire grandir. Comme une petite mort.

Quelle mission, « femme » !

---

* J'ai eu le bonheur d'interpréter les trois nouvelles suivantes dans mon one-woman show *Madame Sans-Chaînes*. Si tu étais là, tu seras peut-être content de les redécouvrir. Sinon, je suis heureuse de te les offrir…

Il faut en être une pour se rendre compte à quel point c'est une vraie mission. Un truc de kamikaze.

D'ailleurs, quels sont les cons qui ont inventé ça, « femme » ?

Sûrement des emmerdeurs qui devaient se faire appeler des « décideurs », planqués là-haut, puisque apparemment c'est là-haut que tout se décide. Des grands décideurs, qui devaient taper le poker, boire des coups et fumer des cigares, des producteurs quoi. Et une fois qu'ils ont inventé l'homme, le mâle, très fiers d'eux, ils se sont mis à s'ennuyer et se sont dit « oh… il faudrait quand même qu'on trouve un autre truc… Un truc un peu pareil mais pas complètement, il va pas comprendre, ça va lui foutre les jetons, on va bien se marrer ! Un truc… qui met pas son clignotant quand elle veut tourner à droite, par exemple ! Un truc qui se met de la peinture sur la figure, qui a des airbags là et là, qui s'achète tout un tas de conneries, des pompes, des robes, oui voilà c'est ça ! Un truc qui passe des heures dans la salle de bain, un truc qui lui cassera les couilles ! ».

Et voilà, nous sommes arrivées sur Terre, nous, les femmes…

Quelle mission, « femme » !

Un aperçu serait facile : il suffit de s'imaginer la journée d'une femme, comme ça, prise au hasard, une femme « lambda », comme on dit…

Attention, on va décoller… Il faut prendre un grand bol d'air avant…

Prêt ? C'est parti !

06:00

Lever, jogging, douche, crème anti-rides, une demi-heure de maquillage pour récupérer son aspect humain… Habillage, stylisme séduisant mais pas trop sinon on vous traite de pute, préparation petit déjeuner, signature factures, dépôt des petits à l'école, retour maison, coup de ménage rapide, sans réveiller le mari fatigué qui dort, mais c'est pas grave on est forte !

10:00

Main droite raccords maquillage dans le rétro entre deux rendez-vous de boulot, main gauche téléphone au mari qui vient de se réveiller, déprimé d'être tout seul à la maison, pied droit accélération freinage, sans rentrer dans le cul de la voiture de devant, genou gauche maintien de la direction du véhicule. Et c'est pas grave on est forte.

13:00

Rendez-vous important dans un resto important avec un monsieur important à qui il va falloir donner l'impression importante qu'on est en train de passer un moment inoubliable… Même s'il vous écrase le pied sous la table d'une façon honteusement libidineuse en vous bavant dans l'œil la vinasse qui lui sort par tous les pores. C'est pas grave on est forte.

16:10

Engueulades salées dans le bureau du PDG à cause du monsieur important du restaurant, pas content qu'on ait refusé ses avances alcoolisées. Coup de fil de notre charmante directrice d'école parce qu'un de nos petits a quarante de fièvre. Vite, appel au mari, qui ne peut rien, occupé à méditer sur son avenir et sa douloureuse situation. Plan d'alerte rouge, saut en parachute par la fenêtre des toilettes, récupération de notre petit à l'école, arrivée en trombe à la maison. Ha ! Découverte de la bésouillance frénétique et spectaculaire de notre baby-sitter avec son connard de fiancé hollandais sur la table de notre cuisine. Mais le docteur est là, notre sauveur ! Mon Dieu on n'a plus de liquide pour le payer ! Mais oui la baby-sitter va aller chercher de l'argent au coin de la rue ! Han la carte a été avalée ! On respire, on se calme, c'est pas grave on est forte !

19:20

Penser à soi deux minutes... Masque au plantes ! Hmmm, que c'est bon un masque aux plantes ! Si si, faites-le comme un bon break en plein rush, oui, pendant que vous préparez à manger, et que vous faites faire leurs devoirs à vos petits, le masque vous protège ! Si vous pouvez aussi vous concocter un masque pour vos cheveux… Deux œufs battus avec de l'huile d'olive. Hop vous vous posez ça sur la tête, vous malaxez bien, un morceau de papier d'alu dessus pour faire chauffer, donc pénétrer, un sac en plastique des courses encore au-dessus pour pas que ça coule, et une casquette pour cacher la misère. Ni vu ni connu, vous vous faites du bien en cachette.

Et vous donnez à manger à vos petits.

– Oh maman c'est bon, mais c'est quoi ces trucs verts là qui flottent dans la sauce ?

– Mon chéri, c'est le masque de maman qui a un peu coulé, pardon mon amour, mais c'est pas grave, c'est des plantes, c'est bon pour ton corps !

Et on couche nos petits amours…

Coup de fil qui nous interrompt pendant qu'on était en train de raconter une histoire de prince et de princesse en s'endormant dans les bras de nos petits : c'est notre mari qui ne comprend pas comment on a pu oublier sa soirée prévue depuis des mois, lui aussi existe ! « Oui oui, mon amour… » Re-ravalement de façade… Et c'est pas grave on est forte.

02:00

Retour affreusement tardif après cette putain de soirée chiante à souhait. Ah non, pas de repos, pas de démaquillage non plus, malheureuse, non ! Faisage d'amour effréné et passionné avec notre mari parce qu'on l'aime et qu'on doit le lui montrer !

Et c'est pas grave on est forte !

05:35

Après de courts ébats et moult discussions existentielles avec notre mari qui s'endort enfin, on se relève… pour se démaquiller. Il ne faut jamais dormir maquillée, c'est très mauvais pour la peau, les pores se bouchent, le teint devient gris, si vous le faites la police vient, elle vous séquestre, vous allez en prison, vous êtes condamnée à mort, non ! Démaquillage total, avec un gommage si possible, puis une crème anti-cernes lift peau jeune défroissant du visage « Tu seras plus belle demain » (200 euros) !

Et on se couche enfin… Et on met son réveil à six heures… Mais il est six heures moins deux !... Oh, deux bonnes minutes de sommeil et je serai en pleine forme !

Et c'est pas grave… on est forte.

Oui, une vraie mission.

Une mission avec des codes très précis. Des codes secrets qu'il faut absolument respecter.

Par exemple, il faut toujours étonner, surprendre quand on est une femme :

« Bonjour mon chéri, tu as vu aujourd'hui je me suis fait une nouvelle couleur ! »

« Bonjour mon chéri, tu as vu aujourd'hui je me suis fait une indéfrisable ! »

« Bonjour mon chéri, tu as vu aujourd'hui j'ai une nouvelle robe ! »

« Bonjour mon chéri, tu as vu aujourd'hui j'ai des nouveaux seins ! »

Être toujours sur le feu, rebondir sans cesse, être toujours parfaite, douce en même temps que forte, maternelle en même temps qu'autoritaire, sensuelle en même temps que rigide, féminine en même temps que masculine.

Oui, bien sûr qu'il faut être masculine quand on est une femme. C'est une obligation militaire ! Sinon, on peut mourir d'épuisement ou de chagrin. Cette force qu'il nous a fallu déployer depuis tout ce temps qu'on existe, cette force s'est développée avec les années, et on est devenues de plus en plus masculines. Oui ! Pour se protéger, se défendre... On ne peut pas nous en vouloir maintenant, ça serait trop injuste. Et ce mouvement qu'on nous demande d'avoir en permanence, cette réactivité, cette agitation, ce renouvellement !

C'est quoi, être « féminine » ? C'est être comme les filles qui bougent leurs fesses dans les clips ? C'est être comment ? Bien coiffée, élégante, pas élégante, bien maquillée mais pas trop, pas maquillée du tout, avoir un sac à main, être habillée en noir, suggérer des parties de son corps, vouloir séduire ?

Alors, c'est ça, être féminine ? C'est vouloir aguicher tous les regards des hommes sans en avoir l'air ?

Si c'est ça, moi je voudrais être un orang-outan parce que je trouve que c'est nul…

Il y a quelque chose que je déteste dans la féminité.

C'est sa facilité. Son côté évident, avec deux-trois trucs tellement bêtes mais qui marchent. C'est décidément vraiment nul.

La séduction : c'est ça, la féminité ? Le sens du détail qui va nous rendre remarquable ?

Donc c'est pour aguicher, se faire regarder par les hommes qui vont passer…

C'est vrai qu'on a toutes ce truc de bien aimer se sentir regardée…

Ça passe au bout d'un moment, ça passe parce que moi, par exemple, j'aime cent fois mieux être regardée par un seul homme, celui que j'aime. Celui-là oui, j'ai envie qu'il me regarde…

Je pense qu'on se trompe à toujours vouloir être séduisante avec les même codes, toujours avec les même ingrédients. C'est là qu'on se fatigue.

Et qu'on commence à être vieille

25

Le mystère*

Mais oui bien sûr ! J'allais oublier le principal, l'essentiel dans la mission « femme » : le mystère !

Qu'est-ce que ça a pu me gonfler – pardonnez-moi l'expression mais c'est vraiment le mot exact –, cette histoire de mystère…

Comme si le vrai mystère de quelqu'un, une femme en l'occurrence, on le voyait, comme ça, parce qu'elle l'affichait. Mais quelle débilité !

Ces filles qui prennent des airs éthérés, dramatiques et pseudo-mystérieux comme si on leur avait cousu les fesses… elles sont pas plus mystérieuses que Raymonde des Bidochon ! J'adore Raymonde, et d'ailleurs, elle, je la trouve pleine de beaux et vrais mystères...

Elles « font » les mystérieuses et puis c'est tout.

Attardons-nous deux secondes sur la question du mystère...

---

* Extrait de *Madame Sans-Chaînes*.

Avez-vous remarqué que ce mystère, il faut toujours qu'il ait une gueule de pétasse avec la bouche en cul de poule plutôt qu'une gueule de vieux bouc inquiétant qui fronce des sourcils poilus ?

Va savoir pourquoi le mystère n'aurait pas la gueule qu'il veut…

Non, le mystère c'est d'abord un bon maintien, un cheveu pas trop mal mis, mais surtout se concentrer sur sa bouche.

Ah oui, la bouche ! Tout part de la bouche pour le mystère. La bouche doit être toujours offerte, généreuse, opulente, chaleureuse, accueillante, bien exposée, avenante, une sorte de coussinet d'accueil, un peu l'hôtesse de l'air de votre corps…

Un peu comme un poisson rouge.

Deuxième chose importante, les yeux.

Tes yeux de mystérieuse doivent toujours regarder vers le haut. Ça donne un petit côté innocent, mutin, enfantin. Accompagner l'attitude par un petit « oh un avion ! », « oh un nuage ! », « oh il fait beau ! », « oh il pleut ! ». Sans trop remuer la bouche qui reste en position de poisson rouge.

Troisième chose, les mains. Tes mains doivent toujours entourer ton visage, pour souligner son ovale, soutenir ton menton. Et éventuellement tirer un peu la peau discrètement…

Mais attention, ne pas trop tirer, sinon tout vient avec, et donc tout est aplati. À éviter.

Quatrième chose, et c'est sans doute le plus difficile mais le plus important : il faut que tu apprennes à parler, mais sans parler.

Tu dois parler sans remuer la bouche pour éviter les ridules fort disgracieuses, parler pour ne rien dire en vérité.

De toute façon, je te mets à l'aise, on s'en fout de ce que tu dis… On veut ton cul ou rien !

Si tu peux être ventriloque – et c'est une question d'entraînement –, c'est encore mieux. Les grandes mystérieuses sont de grandes ventriloques.

Et ne va pas rire ou sourire, garde ta bouche en poisson rouge et pousse un petit « hu, hu », ça suffira bien. Ne mange pas non plus, ça fait trop remuer la mâchoire, contente-toi d'une pipette et ne prends que des aliments qui ne se mastiquent pas. C'est largement assez, et c'est plus élégant…

Non tu n'auras pas de rides si tu es une femme !

Et tu n'auras pas de poils si tu es une femme !

Et surtout, tu auras toujours vingt ans si tu es une femme ! Vingt ans, vingt ans, vingt ans !

C'est vrai, ce truc, les mecs ?

Ce truc qui nous fait penser que vous voudriez qu'on ait toutes vingt ans en même temps ?

On va pas toutes se faire opérer quand même !

Vous rendez-vous compte du danger que vous courez si un jour on a toutes vingt ans en même temps ? Nous sommes plus nombreuses que vous sur la planète !

Vous ne pourrez plus nous satisfaire, il n'y aura plus assez d'hommes vaillants pour assouvir la libido de toutes ces femmes subitement jeunes, donc subitement en demande de sexe ! Alors nous serons très frustrées, nous deviendrons méchantes, assoiffées de sexe, comme folles, telles des sorcières en rut !

Et nous vous pourchasserons partout où nous pourrons, comme on chasse les lapins, et nous vous séquestrerons dans des coins isolés, et là, nous vous gaverons de médicaments de sexe en overdose, pour que vous puissiez nous honorer, nous satisfaire enfin !

Et là, vous banderez ! Oui ! Vous banderez comme des taureaux, mais trop ! Mon Dieu, beaucoup trop ! Vous banderez tant et tant que votre sexe deviendra énorme, vous dépassera et se retournera contre vous, tel un Alien, il fera main basse sur votre esprit, il engloutira votre corps entier, et là vous ne serez plus qu'un sexe à pattes, un sexe qui courra affolé, et vous exploserez !

Mais non, c'est pour rigoler…

Je me suis laissée aller à un petit délire. Une petite extrapolation…

Non, nous ne ferons pas ça.

Mais quand même, faites gaffe !

De toute façon, les femmes n'auront pas toutes vingt ans en même temps.

Et c'est tout.

26

Apprendre à être un homme
ou
le GPS*

Ne soyons pas trop injustes, Mesdames, et attardons-nous deux minutes sur la condition masculine qui n'est, si l'on est honnête, pas évidente non plus.

Si si, c'est difficile d'être un homme, aussi.

Si on y réfléchit bien, c'est même très difficile.

Parce qu'un homme naît avec un sacré fardeau naturel, si vous voyez ce que je veux dire…

Un fardeau, oui. Mais comment être plus claire sans vulgarité ?

Une sorte de petit sac à dos mal placé… Voilà, c'est ça ! Un petit sac à dos, là, entre les jambes.

On pourrait dire aussi, pour être encore plus élégante, un radar, un radar qui le guide et qui n'en fait qu'à sa tête…

---

* Extrait de *Madame Sans-Chaînes*.

Un GPS ! Oui, bien sûr, un GPS ! Un GPS qui n'obéit plus à son maître mais à ses pulsions, à ses braquages de cibles – des culs, des seins –, et qui entraîne nos pauvres hommes par la braguette, là où il veut. Vous vous rendez compte de l'esclavage ? Pour contrôler ce GPS, il faut une volonté de titan. Ça peut durer toute une vie…

Nos hommes sont vraiment des héros. Et c'est très dur de les aider.

Nous ne pouvons pas séquestrer leur GPS, quand même, alors nous faisons ce que nous pouvons pour que le GPS soit intéressé et attiré par nous…

Nous sommes le copilote de la voiture, de leur véhicule.

Pour que ce dernier aille vers nous, toujours nous. Quel boulot !

Et c'est là que la mission femme commence. Tenir le GPS de notre mec en total contrôle. Le considérer comme un ami, oui, en faire un ami très intime avant tout…

Ah, messieurs, dire que toute votre vie consiste à essayer de contrôler ce satané GPS et qu'une fois que vous y arrivez, de toute façon, il marche plus !

Un jour, pour rigoler, les femmes devraient toutes se déguiser en moches, en genre de « femme-cageot »… Ça reposerait leur GPS, aux hommes, et nous ça nous reposerait aussi.

La tenue « femme-cageot », c'est un petit caleçon mou trop grand et vraiment pas gracieux, sur lequel on enfile des après-skis moches aussi, une robe de chambre en pilou trop grande également, et délavée, avec un tissu plutôt pas harmonieux sur lequel vous enfilez encore une sorte de gilet couleur beige caca d'oie, avec des trous de mites, et, pour terminer, un bonnet – mais surtout pas coquet ! – qui aplatit votre tête et enlève tout appât capillaire. Voilà.

La femme-cageot

Cet ensemble a pour but de vous mettre complètement à l'aise, de vous offrir un confort à bas prix, de vous faire revivre pour vous et pas pour l'extérieur, une sorte d'autorelaxation. Je suis sûre qu'il y en a qui s'habillent comme ça parfois, en cachette de leur mari…

Eh ben faites-le en face un jour. Osez ! Faites-lui une surprise, allez le rejoindre au resto comme ça !

Il va être étonné, au moins ça va le faire rire ! Il va pas vous reconnaître, il aura l'impression d'avoir une maîtresse, puis finalement il se dira qu'il a bien de la chance que vous vous habilliez rarement comme ça…

Puis il va vous redécouvrir dans une supertenue que, le lendemain, vous concocterez pour qu'elle soit exactement à l'opposé de la femme-cageot. Là, ce sera plutôt la femme-bombasse, et là, il tombera comme une mouche.

C'est une question de contraste.

Toujours surprendre le G.P.S.

27

Chapitre interdit aux femmes

J'aime les hommes. Ils tiennent tous dans un.

J'aime les hommes avec leurs grands avant-bras, on dirait des cuisses de chevreuil ou de taureau.

J'aime leur grosse voix.

J'aime leur côté assis sur leur virilité, leur côté mastoc, avec leur dégaine d'homme.

J'aime leur côté primate.

J'aime leur côté bête et couillon.

J'aime leur dépendance à eux-mêmes.

J'aime leurs conversations d'hommes.

J'aime leur manque de conversation.

J'aime boire des bières avec eux.

Quelquefois j'aimerais tellement être un homme et pouvoir faire pipi contre les arbres, et me gratter les couilles, et avoir des rides sans qu'on me dise qu'il ne faudrait pas en avoir, et pas parler d'âge comme font les femmes du même âge, et jouer au foot ou au rugby, et être fort comme un Turc, et savoir me bagarrer pour casser la gueule aux malpolis qui sont désagréables en voiture ou n'importe où parce que je suis une femme et qu'ils se sentent plus forts que moi. Oui, je leur casserais la gueule à ceux-là…

J'aimerais être un superhéros. Je l'ai déjà dit, oui, je sais, mais j'aime le répéter. Oui, j'aimerais vraiment être un homme fort quelquefois, comme les vigiles des boîtes de nuit.

Je les trouve beaux, moi, les vigiles des boîtes de nuit.

C'est con, hein ? Oui je sais.

28

Chagrin d'amour

C'est vraiment un truc spécial, un chagrin d'amour.

Je ne parle pas d'un chagrin d'amour genre peine de cœur ou contrariété ou tristesse d'être mise de côté ou déception… Non je ne parle pas de ça.

Je parle d'un chagrin d'amour qui ressemble à la mort.

Un truc qui ne se dit pas, qui ne se vit pas, un truc qui devrait être interdit.

Un truc qui va à contresens de la vie. Parce qu'il est là pour les mauvaises raisons.

Je pense que l'homme qui ne veut pas me voir depuis quelques semaines a pris cette décision pour des raisons qui ne sont pas justes, je pense qu'il se trompe. De toute façon on se trompe tous, sur tous…

Qu'est-ce qu'on se trompe ! On ne sait rien sur les autres, et on agit comme si on savait tout.

On se cherche dans les autres, ça j'ai remarqué. Oui,

on ne fait que ça, se chercher dans les autres. Alors comment voir ce qu'est l'autre ? À la base, il y a un problème.

C'est fou ce que tout ça est terriblement subjectif. Mais à un point qui dépasse l'entendement !

Bref, on aime parce qu'on a la sensation de se trouver dans l'autre comme dans un bon bain chaud de quelqu'un qui vous ressemble, qui vous accueille parce qu'il vous comprend tellement… En tout cas, c'est ce qu'il vous fait sentir.

Oui, il nous comprend, il saisit chacun de nos silences, chacune de nos virgules, chacun de nos petits sourires en coin, chacune de nos petites respirations, de nos hésitations, il nous suit, comme nous suivrait une plume dans le vent si nous-mêmes étions une plume. A-t-on déjà vu deux plumes voler ensemble ? Non. Eh bien là oui. Nous et lui, lui et nous, nous sommes deux plumes d'ange qui volent exactement avec les mêmes inflexions, les mêmes inclinaisons, nous sommes sensibles aux mêmes vents, aux mêmes courants, aux mêmes orages, nous sommes des plumes jumelles…

C'est impressionnant de rencontrer sa plume jumelle.

Ça m'est arrivé. Quel repos ! Quel inexplicable bonheur, quelle respiration ! Quelle évidence ! Quel sens soudain j'ai donné à tout ce que j'avais vécu et à ce que j'allais vivre !

Le moindre moment était partagé avant même d'être vécu.

Tout était deux.

Il n'y avait plus l'ombre d'une solitude.

Pourtant j'aime et j'ai aimé être seule et avancer. Être amoureuse et avancer. Être libre et avancer.

Oui, tout était partagé...

Mais il n'est plus là.

Il est parti sur « son bateau » et, quelles que soient les raisons de cette décision de recul, je sais que ça n'est pas juste. Ça n'est pas dans le sens des choses.

Je ressens cette torture qui me donne l'impression d'être dévorée à petit feu…

Je ne me sens plus libre. Comme si quelqu'un était dans moi. Comme si j'étais enceinte.

Au moment où j'écris, je distingue vaguement l'écran de télévision, juste derrière celui de mon ordinateur, et je vois de temps en temps des images de David Cronenberg. C'est drôle, la liberté de cet homme. Je veux cette liberté-là.

Parfois, toute seule dans ma chambre, comme là tout de suite, quand j'écris ou que je regarde n'importe quoi à la télé, ou que je gamberge, je me dis que ma solitude est le prix à payer de tout ce que je peux faire maintenant, de cette liberté que je veux vivre et que je sens grandir avec l'âge.

L'âge, la maturité sont pour moi, en dehors des nuits blanches qui se vengent sur notre corps, une mine qui grandit, au fur et à mesure qu'on la creuse…

Pour moi, être vieux c'est être libre.

Mais là, je ne suis plus vraiment libre, c'est ça qui m'inquiète.

Il n'est pas là.

Je ne pourrai plus jamais être heureuse.

Tant qu'il sera dans moi comme il l'est. Tant que je serai enceinte de son amour.

Et je ne vois pas comment il pourrait partir.

J'essaye d'en aimer d'autres, mais ça ne marche pas. Rien ne tient. Rien ne prend.

Comme la teinture, elle ne prend pas sur certaines matières de tissu. Ça tient à un petit détail de fabrication…

Cela me fait tout drôle de parler de choses qui ne sont pas forcément positives et exaltantes, mais je me dis qu'il faut arriver à ça aussi.

Il faut arriver à parler des choses tristes, des moments où on se sent faible, mal aimé, inutile et perdant.

Pourquoi toujours vouloir faire celui qui gagne, qui est vainqueur ?

Les épreuves nous construisent.

L'absence de cet homme me déchire le ventre chaque jour, mais elle me fait avancer aussi. Je ne sais pas où, mais elle me fait avancer.

Et j'en parle parce que j'ai envie de partager ces moments où on se sent un peu nul et inutile, parce que c'est peut-être ça aussi, « être », c'est se sentir absolument inutile…

Je crois que c'est nouveau, ça. Cette pensée.

Totalement nouveau.

Récemment, en marchant dans la rue et en voyant tous les gens qui marchent dans la rue, qui font des courses, avec leur sac en plastique pas trop rempli, juste pour le repas du soir, je me dis « ah ben oui, ils vont manger ce soir, oui ben oui, on va tous manger ce soir et puis voilà, et on va se coucher, et il va rien se passer de plus que ça, pour tous. Ce sera ça, on va manger et se coucher ».

Et ça m'a fait bizarre de penser ça. Ça m'a fait comme un vide. Je n'avais jamais pensé à ça avant.

C'est une nouveauté parce que je pensais jusque-là que chaque personne avait sa place et que sa vie avait forcément un sens.

Maintenant je me demande si c'est vraiment ça…

Peut-être que ce soir je vois un peu les choses en noir parce que je suis fatiguée.

Pas fatiguée physiquement, mais moralement. Parce que je trouve qu'on donne un sens aux choses qui n'est pas toujours le bon.

Cet homme ne devrait pas s'éloigner de moi comme ça parce que je sens qu'il m'aime. Je sens qu'on s'aime. Mais pas forcément comme des amoureux, enfin pas seulement. Non, on s'aime et voilà.

On est obligés par le cours des choses, non, pas obligés mais irrémédiablement poussés l'un vers l'autre, l'un contre l'autre. C'est idiot de résister.

J'ai bien essayé d'être polygame. Mais est-ce que ça s'essaye, d'être polygame ?

Je crois de toute façon que je ne voudrais monter dans aucun autre bateau. Parce que je suis déjà dans un bateau. Celui de l'homme qui n'est pas là.

Là, pour l'instant il m'a laissée sur la rive de l'île déserte. Il va sûrement revenir, il me l'a dit en tout cas, et c'est pas le genre à raconter des trucs comme les crétins. C'est plutôt le genre à dire les choses.

Ou alors peut-être que vraiment il ne m'aime plus du tout et que je l'étouffe avec cet amour qui est trop grand et qui m'énerve moi aussi. C'est vrai que ça m'énerve d'être là à donner comme ça mes amours, avec autant d'enthousiasme perdu… Une sorte d'enthousiasme que je sens et ressens, qui monte en moi comme une marée. Et qui fait de sacrés dégâts.

C'est fou ce que l'amour peut faire comme dégâts. Je crois que depuis toute petite je me protège de ça. Je ne veux pas de ces dégâts-là. Ça ne m'intéresse pas.

Ou plutôt ça m'horrifie, ça me terrorise tellement, comme le loup qui viendrait vous manger toute crue…

Ces foutus dégâts, je les ai trop vus sur d'autres femmes, et plutôt crever que de me faire prendre.

Ça a failli pourtant, mais non. Il faut croire qu'il y a certaines portes que je n'ai jamais ouvertes. Et toc.

Il y a encore un petit endroit secret qui est verrouillé, où jamais personne n'est entré. On a essayé, et moi, toujours avec mes trop-pleins, j'aurais bien donné les clés, mais non. J'ai peut-être fait croire que j'avais ouvert les portes, mais non, je ne les ai jamais ouvertes. Et surtout pas celle de ma petite cachette secrète.

Mais est-ce qu'on ouvre jamais vraiment…

…les portes de nos petites cachettes secrètes?…

29

Mon bordel

Je suis très bordélique et je crois que ce n'est pas normal.

À mon âge, on devrait ne plus être bordélique, logiquement.

Eh ben non. Et je réfléchis souvent à ça.

Pourquoi je n'arrive pas à ranger ?

Je crois que j'aime le bordel, profondément, oui, absolument, je crois que c'est même un art de vivre, une façon spéciale de mettre inconsciemment en harmonie des objets qui, rangés, ne le seraient pas.

Je trouve aussi que le bordel est plus vivant que l'ordre. Plus vivant parce qu'en devenir…

Un bordel va « devenir » rangé, alors qu'un ordre ne va pas « devenir », il va doucement se faire déranger, c'est passif et conventionnel, ça n'a rien de poétique.

Ah oui, voilà, je trouve que le bordel a une poésie bien à lui, bien particulière et respectable.

Un bordel est rond à mes yeux, plein de couleurs, il signifie toujours quelque chose…

Il signifie par exemple qu'on vient de se déshabiller, ou qu'on va s'habiller et qu'on ne sait pas quoi mettre alors on essaye plein de choses, et on jette quand ça ne va pas, il signifie, selon le nombre de vêtements jetés, l'importance du rendez-vous pour lequel justement on choisit avec plus ou moins de difficulté les habits à mettre. Il signifie aussi qu'on vient d'arriver, avec nos sacs posés là, éventrés, ou qu'on va repartir, avec nos sacs regorgés et à peine fermés, il signifie l'état de notre moral, selon qu'on va les ranger ces sacs ou pas, la longueur de nos voyages si les sacs sont très pleins ou pas et vont, selon leur contenance, ajouter encore un peu plus de désordre…

Bref, un bordel peut signifier plein de choses intérieures, plein d'états d'âme profonds, mais l'ordre, que signifie-t-il ?

Rien. L'ordre indique juste qu'on a rangé. Point.

L'ordre est arrêté, endormi, presque mort. Il est fait, accompli.

Voilà, on a rangé. Que faire maintenant ?

Et ce que je déteste par-dessus tout, c'est que l'ordre est lié à l'apparence de l'ordre. À l'apparence de faire bien parce qu'on est une personne bien rangée, bien ordonnée et que ça doit signifier qu'on est formidable, qu'on est quelqu'un de merveilleux tellement on range bien.

Alors que c'est complètement faux.

Je connais des gens qui ont des salons très très bien rangés alors qu'eux-mêmes sont très très dérangés. Des gens qui ont l'intérieur de leur maison bien propre et clinquant, mais l'intérieur de leur personne bien sale et pauvre.

Il m'est arrivé de ne plus pouvoir marcher dans ma chambre tellement il y avait de tas de chaussures, livres, bouteilles d'eau, médicaments, maquillage, accessoires de couture, bijoux, sacs pas encore déballés, disques, cartons, habits, habits et encore habits partout, et d'autres choses indescriptibles, comme par exemple un vieux sirop périmé, des dossiers dont je ne connaissais même pas le contenu… Des tas, des tas, des tas…

Mais finalement, je crois que c'est parce que inconsciemment encore, j'aime bien les tas. Ça me fait comme une présence.

Comme des copains qui sont là, par terre,
qui m'entourent

30

Les parfumeries

Un des trucs les plus chouettes quand on est une femme, c'est de pouvoir passer des heures dans les parfumeries.

Une parfumerie c'est vraiment le palais des merveilles.

Tous
ces petits produits,
crèmes,
rouges
à lèvres, poudres, couleurs, fards, parfums,
toutes ces palettes de milliards de cou-
leurs qu'on peut se mettre sur les yeux,
la bouche, les joues, toutes ces
crèmes magiques avec des noms
qui sortent de je ne sais où
mais qui nous font

de si belles promesses, des promesses auxquelles on a tellement envie de croire qu'on finit par le faire.

Tous ces tubes aux formes si rondes, si harmonieuses, toutes ces choses si futiles et si aguichantes qui nous donnent la sensation qu'on pourrait changer complètement de tête et de corps, être une autre, tous ces mensonges aux emballages de rêve…

Quel piège !

Quand je mets les pieds dans une parfumerie, c'est comme si je flirtais avec ma douce folie féminine qui me titille en me poussant vers la damnation du superflu. L'apparence devient alors l'essentiel.

On est vraiment une femme, à ce moment-là, une femme dans toute sa naïveté, et l'âge, la situation sociale, les origines, la culture n'y font rien : là, soudain, nous sommes toutes pareilles…

Même la plus intelligente devient la plus idiote, même la plus sceptique devient la plus crédule.

J'adore les noms des crèmes, j'adore comme on se fiche de nous à inventer tous ces noms en nous faisant croire qu'ils vont nous transformer.

Le nom que je préfère, je l'ai vu sur une crème de maman, c'est « Fond de teint crème auto-focus », celui-là je trouve qu'il remporte le pompon des noms de crèmes débiles.

Je crois que je vais aller dans une parfumerie faire un inventaire de tous les noms qu'ils ont inventés, les fabricants de crèmes, pour nous les faire acheter. Je trouve ça génial.

C'est ça, être une femme, peut-être : aller dans les parfumeries.

Les parfumeries

Quand je pénètre dans une parfumerie, je sais que j'entre dans un endroit diabolique où tout est fait pour me dépecer littéralement, me dépouiller, et ça ne me dérange pas finalement, sinon je n'y entrerais pas.

J'entre dans un antre de promesses dont je sais qu'elles sont souvent fausses, mais j'ai tellement envie d'y croire ! J'ai tellement envie de me laisser aller à imaginer que peut-être, en sortant, j'aurai des trésors magiques qui font que demain et après-demain…

… Je serai plus belle.

31

Jouer

On devrait être obligé de jouer quand on devient grand. Faire des tests de capacité à jouer, chez le docteur.

Là où on travaille, il devrait y avoir des récréations, avec des jeux, n'importe quoi pour se marrer, comme quand on était petits.

Des jeux de société ou des jeux idiots, même de cache-cache. Le jeu du chasseur, vous connaissez ? Le jeu du loup-garou dans le village, les jeux des personnages, les jeux de mime où tout le monde a l'air d'un idiot. C'est important d'avoir l'air d'un idiot, ça empêche de se prendre au sérieux, ça rappelle que tout le monde est pareil. Et ça crée des liens…

Je crois que j'ai choisi d'être une actrice, de « jouer la comédie », pour continuer à *jouer* comme quand j'étais petite. Aussi.

Jouer, comme quand je croyais au Père Noël,
au Petit Prince,

à Pierre et le Loup,
à Jean de la Lune.

« Jouer » au théâtre est une chose à laquelle tout le monde devrait goûter.

Pour moi, être sur scène dans la peau de quelqu'un d'autre, c'est inventer l'autre monde, y croire totalement, sans recul, vivre dans une autre dimension.

Être sur scène est devenu vital pour moi.

Je m'en rends compte à chaque fois que j'en sors. Je me dis : « Mais qu'est-ce que je ferais sans ça, sans ce moment où c'est le royaume de l'imaginaire qui règne dans toute sa splendeur ? »

C'est vrai qu'à ce moment précis du spectacle, tout le monde ne croit qu'à l'imaginaire, c'est vraiment le roi du monde, c'est génial.

Ce n'est pas forcément spectaculaire, ou performant, ou efficace, ou je ne sais quoi de compétitif ou de brillant, c'est juste le règne du rêve et de l'imagination, de l'invention.

Pendant une ou deux heures, on se permet de croire à quelque chose qui n'existe pas vraiment, enfin quelque chose d'inventé, et on se laisse aller complètement dans ce monde.

Alors que dans la journée, en dehors du théâtre, on s'interdit très souvent ce monde du rêve. Combien d'adultes disent qu'il ne faut pas rêver, qu'il ne faut pas confondre le rêve et la réalité, que les rêves qu'on fait n'ont aucune importance ? En tout cas, peu de gens s'y attardent, et toute notre journée est axée sur le rendement, la performance, les affaires, le matériel, la réflexion souvent cartésienne et formatée, l'argent, l'argent, l'argent.

Mais là, dans l'espace où l'on paye pour avoir du rêve, là et là seulement, ces mêmes personnes partent en voyage et se laissent porter, et croient à ce à quoi elles refusent de croire dans la journée. C'est étrange, non ?

Souvent, quand je monte sur scène, je crois que je vais dans le vrai monde, que la réalité se passe là, une réalité que nous et notre imaginaire faisons vivre. Je me répète, je sais, mais c'est une chose qui m'obsède.

Et de toute façon, qu'est-ce que la réalité ?

Etre une actrice......
Oh lalala lala!!!!!
Etre une actrice

Quand j'étais petite, je pensais que les acteurs étaient des anges…

J'avais eu, à seize ans, la chance d'en rencontrer parce que papa travaillait à France 3 Lille. Il en côtoyait quelques-uns, avec maman ils faisaient des dîners à la maison, et je regardais tous ces comédiens et comédiennes qui avaient l'air si différents…

Il y avait quelque chose qui s'échappait d'eux, comme une magie inconsciente, une sorte de fluide, une auréole.

Oui, ils avaient l'air différents, pas comme des adultes normaux.

Pas comme des adultes tout court.

Et au lycée, en quatrième, j'avais une prof de français qui elle aussi avait une tête d'ange, je m'en souviens comme si c'était hier, elle avait une grave maladie, un cancer des os. Il y avait quelque chose en elle qui me fascinait.

Quelque chose que d'autres profs n'avaient pas. Un truc suspendu, un truc qui appartenait aux histoires que maman me lisait quand j'étais petite. Oui, elle était d'un autre, de l'autre monde…

Comme une sorte de Père Noël en prof de français…

Et elle nous faisait faire du théâtre.

Comme il n'y avait que des filles dans le lycée et que moi j'étais plutôt grande et costaude avec une voix plus grosse que la normale, j'ai joué comme premier rôle de ma vie un homme, le prince de *Léocadia* d'Anouilh. Je vous l'ai déjà raconté.

Je m'étais acheté une perruque à cheveux courts et une pipe, pour faire homme. Pour moi, fumer la pipe, c'était être viril, comme papa.

Maman m'avait dit qu'un prince ne fume pas la pipe, mais bon, on était au théâtre…

Et on a joué la pièce devant tous les parents d'élèves.

Je devais dire à un moment « oui mon amour, posez vos deux mains sur mes hanches » à une copine de classe qui faisait ma fiancée… Quelle histoire, quel fou rire on a eu !

Impossible de faire ce passage correctement. Sans se marrer. On a joué la pièce deux fois, et jamais on n'a pu faire la scène d'amour.

Mais ça y était, j'étais mordue. Happée par ce monde que ma prof de français m'avait montré. Sans le faire exprès, elle m'avait droguée et j'étais foutue.

En même temps ça me semblait être un univers totalement inaccessible… Je me souviens quand je posais devant le miroir de ma chambre en rêvant d'être une actrice…

Quand je l'ai fait plus tard en vrai, j'avais toujours, et j'ai toujours…

… Des fous rires intérieurs.

32

Mes émotions

Elles sont parfois très encombrantes, mes émotions.

Je ne sais pas pour vous, mais avec moi elles abusent un peu. Elles sont omniprésentes et envahissantes. En réalité, je crois qu'elles mènent ma vie.

Elles sont comme des petites concierges agglutinées à ma porte, du matin au soir, et même la nuit…

Et les concierges ne dorment jamais. Complètement insomniaques, les concierges !

Quand j'y réfléchis, je me dis que, dans ma tête, tout est émotif. Je suis constamment guidée par l'émotion de quelque chose, et s'il n'y a pas d'émotion la chose n'existe pas.

Ça me fatigue et en même temps je ne peux pas vivre sans.

Quand je me réveille, je suis pleine d'émotions : la joie de me lever, la conscience d'avoir de la chance, la douce sensation de ma nuit qui demeure, planante dans mon matin un peu vaseux.

Je suis heureuse, ou triste, ou mélancolique, ou super heureuse, ou bien je culpabilise, mais je ne suis jamais « rien ».

Je veux dire que je ne suis jamais vide.

J'aimerais bien pourtant. Un peu.

Être un peu creuse comme une maison d'où l'on vient de déménager…

Avoir mon cerveau sur pause deux minutes.

Rien…

Et surtout virer les concierges devant ma porte qui ne me laissent jamais en paix. Encore cette histoire d'affect…

Pour un rien les concierges sont à l'affût. Elles guettent... Le moindre sujet est bon pour elles. Le simple fait de marcher dans la rue est prétexte à alimenter leur commérage.

Dans la rue je sens les gens, même si je regarde par terre pour pas qu'on me reconnaisse. Il me suffit de croiser un sourire, un chouette regard, une présence bienfaisante… et hop, une émotion.

Un passant qui me reconnaît et me dit qu'il m'aime, ça me procure une émotion énorme, surdimensionnée.

Le seul fait de penser à une chose en laquelle je crois, une chose improbable, inattendue mais à laquelle j'accorde beaucoup d'importance et je suis tout émue…

Quand je vais dans un supermarché, au moment d'arriver à la caisse, si la jeune fille me fait un sourire, ça va me faire un truc au cœur ; si elle ne m'en fait pas, ça va me faire de la peine. Alors je vais lui en faire un énorme pour… je ne sais pas pourquoi. Mais je vais vouloir qu'on se sourie, pour être bien, pour se passer de la chaleur, parce que c'est chouette de se sourire, tout simplement.

Et parce que les autres c'est important. Non ?

Le comportement de quelqu'un qui est fermé, pas aimable, qui dégage un mauvais truc, provoque immanquablement chez moi une sensation ultra-désagréable, qui va me rendre mal, vraiment.

Dans un taxi, par exemple, si le monsieur est énervé ou qu'il passe son temps au téléphone et qu'il ne fait absolument pas attention au fait que nous sommes là, tous les deux, pour un bout de chemin aussi éphémère soit-il, ça va me faire un peu de peine…

Je suis dans le TGV. Tout à l'heure, une dame, ma voisine, m'a offert un café, comme ça, sans rien attendre de plus. Une femme très discrète, délicate, ça m'a beaucoup touchée. Je l'aurais bien invitée au spectacle que nous jouons à Avignon, mais j'ai eu peur de la gêner, de la mettre mal à l'aise. C'est difficile de savoir sans connaître les gens…

Et je dois faire attention à mes débordements émotifs, justement.

En explorant cette histoire d'émotions, je me dis que le problème que j'ai avec mes relations amoureuses, c'est qu'elles sont guidées par l'émotion.

Il faut que l'émotion me prenne comme un Alien, dans le ventre et partout, comme un ouragan d'effets spéciaux, il faut que ça me fasse comme la vague qui chope le surfeur et qui l'écartèle sous l'eau dans tous les sens, un truc auquel on peut ne pas survivre, un voyage de l'extrême. Et quelquefois c'est ça. Mais il faut pouvoir aussi retrouver des mers plus calmes, et sortir la tête de l'eau. Pour mieux replonger, chercher à avancer, pour toujours inventer ou découvrir de nouvelles émotions…

Quand je vois un couple, tout de suite j'ai une émotion : je projette un mauvais truc. Pourquoi est-ce que je fais ça ? Pourquoi je me mêle de ce que peut être un couple ? En quoi ça me regarde, d'abord ?

Je crois que c'est parce que je cherche l'exemple d'un couple beau, pur, qui s'aime à fond, qui ne se trahit pas, qui est absolu… Pour me persuader que ça existe.

C'est épuisant, ces émotions.

Mais j'aime être épuisée.

J'aime mieux mourir d'émotions que vivre de rien.

Le théâtre, pour moi, c'est le royaume de l'émotion.

Elle y jaillit comme une plante sauvage et carnivore qui se jette sur nos ventres, nos ventres à tous, et contre laquelle on ne peut rien. Elle nous dévore un par un et on la laisse faire, elle est sauvage et féroce, elle a une immense tige qui se promène de fauteuil en fauteuil, comme une pieuvre, en silence pour que sa fleur secrète nous pénètre d'un fluide vibrant et enivrant, irréversible.

Pourquoi tout est-il toujours aigu, dramatique, important ? Lourd ? Oui je suis trop lourde, tout cela est vraiment trop lourd…

Pourquoi le petit garçon qui est dans mon wagon, pas loin, qui hurle de peine depuis tout à l'heure, me donne-t-il envie de pleurer, alors que je ne le connais pas ?

Pourquoi est-ce que je me sens si concernée par son chagrin ?

C'est ridicule… Je ne comprends pas.

Il crie le nom de son papa depuis qu'on a quitté Paris et il a l'air vraiment triste. Il faut que je me raisonne, ça va passer…

Je mets mes écouteurs pour écrire sur mon ordinateur. Pour ne plus entendre ses pleurs à travers la porte. Il est avec son grand-père qui ne sait pas quoi faire et qui le serre dans ses bras. Mais le petit garçon est noyé dans ses larmes, et j'ai l'impression que son chagrin est bien profond, qu'il n'est pas du tout passager comme je l'espérais. Ça me déchire le cœur et j'irais bien le serrer dans mes bras moi aussi, je ne sais pas pourquoi…

Je viens de regarder par la vitre. Il dort dans les bras de son grand-père qui a l'air bien triste mais qui, lui, ne pleure pas. C'est ça qui est bien avec les anciens : ils ne pleurent pas. Ils ont de la corne sur le cœur, comme ceux qui marchent souvent pieds nus et qui ne sentent plus le sol, même s'il brûle…

J'ai encore envie de pleurer, c'est nul. Ça ne sert à rien surtout.

C'est horrible les séparations, c'est abominable.

Vivement que je sois ancienne, ça me reposera ! Et je suis sûre que les concierges seront parties…

J'ai passé mon voyage à guetter si le grand-père du petit garçon n'avait besoin de rien. À un moment je lui ai demandé et il m'a répondu très gentiment que non.

Il est resté pendant tout le trajet, c'est-à-dire trois heures, avec son petit-fils dans ses bras, ça m'a fait chaud au cœur, c'était magnifique à voir et si simple…

Je m'apprête à descendre, le petit garçon s'est

réveillé. Il est maintenant tout souriant, il a des yeux splendides, très clairs sur sa peau légèrement métisse, je suis heureuse qu'il ait l'air d'aller mieux.

Je vais quitter le train avec l'image du sourire et du bonheur qui ont vaincu le reste.

Les concierges ne sont plus là, ma porte est dégagée.

Merci petit garçon...

3

Maman

J'ai voulu être maman avant de vouloir un homme.

Avoir des enfants était, au moment de mes premiers pas de jeune fille, un besoin vital, une évidence.

Je m'imaginais avec des enfants de toutes les couleurs, plein d'enfants de toutes les couleurs. Plein d'enfants de plein d'hommes différents. Peu importait. Je ne pensais pas du tout à l'homme avec qui je serais. Pour moi, être avec un homme n'avait rien à voir avec le fait d'avoir des enfants. Je ne sais pas pourquoi mais c'est comme ça.

Je désirais profondément me construire des alliés. Pourquoi cette notion d'alliés ? Je n'étais pas en guerre…

Peut-être que si.

Il me fallait des amis, de vrais amis, purs, absolus, que j'élèverais comme je vois la vie, comme je crois à la vie et aux êtres, des amis pour toujours qui ne me quitteraient jamais, pas comme tous ces gens qui se quittent tout le temps.

Petite, j'ai été très triste de voir tous ces grands qui s'étaient tant aimés et qui se quittaient. Ce sont eux qui m'ont fait détester les couples… Je me disais : « Ah bon c'est comme ça ? Pourtant ils s'aimaient comme des fous ! Et ils se quittent. Bon. Ça ne se fait pas de rester ensemble pour toute la vie ? Ah bon. Mais si j'ai des enfants, eux, ils ne me quitteront pas, et moi non plus, nous on restera ensemble toute notre vie ! »

Je fais souvent le lapsus d'appeler mes fils mes « frères ».

C'est vrai que ce sont de plus en plus mes frères, parce qu'ils grandissent.

D'ailleurs, il y a plusieurs stades de « mère ». Qui sont à chaque fois comme de nouvelles naissances, là aussi.

Le stade de voir les enfants grandir et vous dépasser par exemple est un moment particulier auquel je ne m'étais pas préparée et dont on ne parle jamais assez, je trouve. On parle beaucoup de la petite enfance, on vous assaille de conseils pour apprendre à leur faire faire le rot, à les laisser pleurer sans les prendre dans les bras trop souvent, à ne pas faire ceci, à ne pas faire cela. Mais quand ils sont grands, là, plus personne n'en parle, comme si bon, voilà, ils grandissaient, ils avaient leurs copains, leurs copines, et ils partaient et puis c'est tout.

Je ne vis pas ça comme ça du tout.

Parfois, je ressens que je grandis avec mes enfants.

Qu'en grandissant ils m'ont eux aussi éduquée.

L'autre jour, je réfléchissais encore sur la vaste question déjà évoquée de l'éducation qu'on s'efforce de donner à ses enfants et sur cette perfection que l'on tente d'atteindre, portée par un sentiment profond d'amour maternel. Et je me suis dit que finalement, une maman ne finissait jamais d'éduquer ses enfants.

Je me suis dit surtout que l'éducation était un échange. Elle relève d'un partage, d'un respect, d'une confiance. Et, en effet, on s'éduque les uns les autres…

Au début, quand on est une jeune maman, on éduque ses petits en les guidant comme on peut pour qu'ils grandissent au mieux, avec le maximum d'amour et de repères. Puis ils grandissent effectivement, et on se reconnaît en eux, ça fait tout bizarre, c'est chouette et effrayant à la fois, on se dit « oh là là, c'est fou, ils pensent un petit peu comme moi… ». Bien sûr qu'ils pensent comme vous, puisque c'est vous qui les avez élevés ! Et même si leur papa est présent, en tant que mère vous les avez imprimés, souvent malgré vous car vous ne vous aimez pas tant que ça, et, dans ce domaine, le temps qui passe n'arrange pas toujours les choses. Oui, plus le temps passe plus vous doutez, vous vous posez des milliards de questions…

Et c'est là qu'il prend le relais, le tout petit qui est devenu grand. Il vous éduque à son tour, et à son tour il vous signifie avec pudeur et plein d'amour qu'il ne faut pas douter, que oui, vous l'avez bien élevé, que tout va bien et que vous êtes une chouette maman qui a voulu faire bien…

Mais là, il est difficile de vraiment savoir où est la

vérité. Parce que votre enfant ne vous dira jamais de choses méchantes.

En tout cas mes fils ne le feront jamais, ça n'est pas comme ça chez nous.

34

Faire un plat

Moi ce que j'aime par-dessus tout, c'est faire un plat à mes enfants.

Un plat qu'on prépare soi-même est essentiel quand on aime et qu'on veut le faire savoir autrement qu'avec des mots.

Souvent, quand je suis crevée, pendant la tournée de mon spectacle, que je ne sais plus où j'habite, que j'ai envie de m'écrouler mais qu'en même temps je veux profiter de mes trois lascars, eh bien je leur fais un bon plat et je sais que c'est ça qui va me redonner de l'énergie, de la vie, de l'envie.

Je leur demande leur avis avant. Je trouve très important de leur demander s'ils ont envie que je leur fasse quelque chose ou pas, un petit quelque chose…

En général ils disent oui et là, un petit frétillement de joie s'agite dans mon cœur et dans tout mon être, je suis contente, je trépigne : je vais fabriquer quelque chose pour mes gars.

Il faut dire que je suis obsédée par l'idée de fabrication. Pour moi, une journée sans avoir rien fabriqué est une journée perdue.

Je me sens si vivante, les pieds nus, la taille serrée dans mon tablier vert ou celui à petits motifs, à éplucher les oignons qui se transforment avec mon couteau !

C'est vrai, tout se transforme en cuisine.

De rose, l'oignon devient blanc, de rond il devient plein de petits carrés blancs qui eux-mêmes, dans un léger crépitement, deviennent dorés, et parfois, si on les laisse trop, ils diminuent même de volume.

Quelle vie trépidante ont ces oignons !

Et là je prends mon couteau de cuisine, un petit sans dents, juste assez pointu pour bien couper les légumes et la viande.

Et je tranche les escalopes de poulet, qui elles aussi se transforment…

De grosses choses informes et un peu flasques au départ, elles se dessinent peu à peu grâce à mes mains, deviennent de fins petits filets qui, du rose, passent à leur tour au blanc, puis au doré, un peu comme les oignons…

Et alors là commence une étape que j'adore : l'assaisonnement…

Pendant que tout ce petit monde se mélange et frétille dans l'huile chaude de la poêle, je déverse des torrents de poudres en tout genre : poivres, cumin, curry, cannelle, encore de la cannelle – il n'y a jamais assez de cannelle, j'adore la cannelle ! –, coriandre séchée – encore un peu aussi, j'adore la coriandre ! –, à nouveau du poivre, du sel mais pas trop (plutôt le bouillon cube), un peu de sauce soja ou une autre, d'un nom qui m'échappe, que mon fils aîné m'a conseillée, une sauce japonaise dans laquelle on laisse mariner des viandes, et voilà je crois que c'est tout. Pas trop quand même sinon toutes ces herbes se tuent entre elles, et à force de vouloir que ça ait du goût, ça n'en a plus du tout.

Et enfin le moment suprême : comme un coup de baguette magique j'entends la phrase prononcée par un de mes enfants, ou les trois : « Hmmm ça sent pas mal déjà ! » ou « Hmmm dis donc ça sent drôlement bon ! », et, en jetant un œil dans la grande casserole : « Ça a pas l'air mal… »

Et voilà ma journée qui a un sens… Je suis heureuse.

La cuisine est une mine de moments de bonheur qui sont aussi bons que ce qu'on y prépare.

Vivement mon prochain plat

35

L'âge

"Vieille"... Ça fait fuir tout le monde.

Pourquoi ?

Je rêve d'un magazine où on verrait des femmes âgées belles, sur lesquelles on ferait des essais de stylisme, de beauté, de maquillage, de séduction…

Un jour, mes enfants ont habillé ma maman, qui s'appelle Martine, en rappeuse, c'était génial. C'était drôle, bien sûr, mais en plus ça avait de la gueule. Maman était belle parce qu'elle était heureuse de jouer, de se déguiser avec et pour ses petits-enfants. Donc, elle rayonnait…

On se prend trop souvent au sérieux sous prétexte qu'on est grand, adulte. On oublie de s'amuser et ça nous rend con.

L'âge est un sujet brûlant parce que chacun est soucieux de ce problème. Et ce sont ceux qui vieillissent mal, qui n'aiment pas qu'on parle de ça, qui projettent leur angoisse sur ceux qui vieillissent très bien.

Un jour, pendant un spectacle que je faisais avec mes enfants et mes parents, j'étais si heureuse qu'on soit tous ensemble avec tant de générations mélangées qui allaient de quatre-vingt et quelques années (âge de mon père) à onze ans (âge de mon dernier fils) que j'avais dit bien haut que moi, j'avais quarante-six ans.

J'ai entendu un mec dans le public crier « laisse-nous rêver ! ». Le fait que je lui aie dit mon âge empêchait cet homme de rêver. Il devait être bien mal dans sa peau… Le problème venait de lui, pas de moi.

L'énergie n'a pas d'âge, la vitalité non plus. Tout ça vient du mental…

Il ne faut pas écouter ce que les gens veulent faire de nous, il faut écouter ce que nous voulons faire de nous. Et nos intimes, nos enfants, notre homme, une copine vraiment proche, seuls ceux qui nous veulent vraiment du bien.

J'ai remarqué que peu de gens nous veulent sincèrement, profondément du bien. Souvent ils nous veulent leur bien à eux, pas le nôtre.

L'âge, quand on y pense, c'est génial.

C'est avancer et connaître de plus en plus de choses.

Alors d'où vient que c'est aussi, et surtout, un truc que tout le monde déteste ? Parce que l'âge, c'est le seul truc qui augmente sans faire plaisir.

En général, ce qui augmente, ça plaît : l'argent, le pouvoir, les vacances, les achats, les voitures, les maisons… Plus ça grandit, plus on est content.

L'âge non.

Si on réfléchissait deux minutes, on se dirait que c’est bien plus important de grandir en dedans, et d’en porter la preuve sur son visage, plutôt que de ne pas grandir du tout et de rester lisse comme un cul de babouin.

Les culs de babouin c’est bon pour les magazines, mais nous, nous ne sommes pas des photos de magazines, nous, nous sommes de vraies personnes.

Et nous avançons, nous avons de vraies vies. Et les rides c’est la preuve que nous avançons. Bien ou pas.

J’ai remarqué que nos rides nous représentent et nous racontent.

Il y a des jolies rides.

Et il y a des rides moches.

8

Le sourire

Qu'est ce que c'est bon, un sourire

C'est comme une
lune allongée
qui
prend
un bain
de soleil.

Un sourire que quelqu'un vous envoie, comme ça, par surprise, pour rien, par pure gentillesse et attention.

Ce petit flux d'énergie qu'il vous balance l'air de rien et qui vous donne envie d'aller l'embrasser pour lui dire merci.

Ce petit plissement des coins des yeux qui forme des sillons tout fins comme les stries des ailes d'un papillon qui s'envole en musique…

Le sourire c'est un papillon qui vole.

Un sourire c'est un coup de baguette magique de l'intérieur des yeux.

J'ai beaucoup de chance parce que j'en reçois souvent, des sourires.

Comme plein de petits noeuds de paquets cadeaux..

Il m'est arrivé d'avoir le cafard et de marcher dans la rue pour faire je ne sais quoi, et boum, je reçois un sourire, un vrai, un éclat des pupilles, un signe de reconnaissance, et ma journée est transformée.

Mais une fois, j'étais dans le train, au bar, et je faisais la queue, une femme s'est avancée et s'est mise derrière moi pour prendre son tour. Elle m'a reconnue et m'a dit : « Ah, bonjour ! Je comprends pourquoi les gens me sourient, en fait ce n'est pas à moi qu'ils sourient mais à vous ! Vous en avez, de la chance, qu'on vous sourie comme ça ! »

Pourquoi ne se sourit-on pas plus souvent ? Pourquoi a-t-on oublié ça aussi ? Ce truc si facile à faire ! Il suffit de remonter les joues et d'envoyer un petit courant de joie, de gentillesse, de vie…

Quelquefois, quand je conduis, je me dis : « Mais pourquoi les gens font la gueule ? » Moi je fais sûrement la gueule parfois, mais j'essaie de lutter et je suis tellement contente d'accompagner mes enfants à l'école que j'ai envie de sourire. Parfois, sans doute, je fais la gueule parce que j'ai des soucis qui s'accumulent comme tout le monde, mais ce n'est pas tous les jours…

Les automobilistes n'ont pas sans arrêt, vingt-quatre

heures sur vingt-quatre, des soucis accumulés. Ils ne sont pas tous malades puisqu'ils conduisent ! Ils ne sont pas sans arrêt en dépression, quand même ! Pourtant, dans leurs voitures souvent très chics, brillantes et qui doivent coûter cher, ils font la gueule. On est là, tous, à conduire nos beaux engins avec des têtes de zombis.

Il suffirait d'aller ne serait-ce qu'une fois dans un endroit où tout est difficile, mais vraiment difficile, pour se rendre compte du bonheur qu'on vit quand on est en bonne santé, et de se promettre de se le rappeler tous les jours…

L'endroit où j'ai vu le plus de sourires, d'éclat dans les yeux, de douceur et d'amour, c'est « la maison ».

« La maison » est une sorte de planète de différences et de sourires.

« La maison » est un endroit que j'ai découvert grâce à l'association Sidaction et à Frédérique Camize qui y travaillait. Elle m'a dit un jour que près de chez moi, entre Aix et Marseille, il y avait un endroit, un centre de soins palliatifs tenu par un certain Jean-Marc, et qu'elle m'y emmènerait bien.

Je me souviendrai toujours de la première fois que je suis entrée dans ce cocon, dans cette île de douceur et de vie.

Il n'y a pas plus vivant qu'un endroit comme celui-là.

Un endroit où les êtres ne sont là que pour s'aider les uns les autres, se donner les uns aux autres, et être sans cesse en sentiment de vie.

Chaque seconde semble merveilleuse puisque le temps est compté et j'y ai rencontré des personnes si belles, si vivantes…

C'est un endroit qui foisonne de sourires. De vrais sourires doux et chauds comme des baisers qui partent dans tous les sens et de tous les visages qu'on croise.

Tiens, ben je vous en fais un, de sourire.

Vous ne pouvez pas le voir, mais je vous en fais un, là, tout de suite.

Et je devine le vôtre.

7

Le bonheur

Ce chapitre n'était pas prévu lorsque j'ai commencé à écrire ce livre.

Car le bonheur, je l'ai rencontré depuis, pendant que j'écrivais.

Je le vis aujourd'hui, le bonheur.

Là, tout de suite…

Pas quelques instants de bonheur, ni son allure, ni une idée, ni un rêve. Non, je vis le bonheur.

Je le touche, je le vois, nous nous regardons et nous nous acceptons l'un l'autre.

Je me dis parfois, pendant la nuit, dans les bras de l'homme que j'aime, qu'il faut savoir être prête à accepter le bonheur, à le laisser venir, à ne pas en être effrayée.

Je l'ai toujours attendu, ce bonheur-là, exactement celui-là, il est fait pour moi, je suis faite pour lui, dans ses moindres recoins, ses moindres surprises.

Pas de question. Juste une infinie certitude, une profonde et implacable conviction.

Il s'est approché doucement, comme le renard du Petit Prince, il a été très délicat, très attentif, à l'écoute de mes rêves, comme s'il tentait de s'y adapter.

Il s'approchera toujours de moi et moi de lui, comme dans une valse lente mais irrésistible, une danse de découvertes jamais épuisée, un rituel ancestral.

Ce bonheur m'appartient, je sens qu'il m'est offert, je le prends, je l'avale et il prend tout mon corps et toute mon âme, il m'ensevelit.

Il est là, maintenant, pendant que je tape ses notes sur mon clavier portatif, il m'enveloppe comme du coton invisible, parfumé et magique, une vapeur chaude, encensée et insensée, une matière aérienne mais présente. Il est là, dans cette pièce, et malgré mes certitudes j'ai du mal à y croire, j'aurai toujours du mal, comme quand on rêve et que brutalement on se réveille, triste de n'avoir vécu qu'un rêve.

Je me sens dans ces moments-là comme dans une bulle.

Il y a le feu, en face de moi, juste derrière le petit canapé, et l'homme que j'aime qui remue une cuillère en bois dans une casserole pour le repas de ce soir. Une douce volute chatouille mes narines.

Je vois son dos, je le regarde, je n'y crois pas, il est là, il est bien là.

Je viens de lui demander hypocritement « tu ne veux pas un coup de main », sachant très bien qu'il me répondrait « non merci ».

Il m'a soufflé ce « non merci » en retournant légèrement la tête vers moi, avec son sourire meurtrier d'amour et de douceur, qui m'est alors apparu comme l'arme suprême, l'expression de la joie contenue, de l'harmonie absolue que nous vivons, de notre bonheur à tous les quatre, lui, son fils, moi et le chien.

À ma droite, il y a son fils, qui travaille à la même table que moi, il fait ses devoirs, il a l'air heureux, il me fait ce cadeau dont il n'imagine pas la rareté et l'importance : me donner la sensation qu'il est heureux, qu'il m'accueille avec une chaleur inespérée.

C'est un enfant exceptionnel, qui dégage une lumière et un amour particuliers et différents. Il ressemble à son père et à sa mère disparue, dont j'ai vu le visage sur des photos dans la pièce où il dort et joue à l'ordinateur.

Il y a le chien qui vient et qui repart... Qui miaule un peu pour sortir.

Oui c'est un chien qui miaule, c'est aussi un être particulier, comme son frère et son père, mais lui, il s'exprime beaucoup, et le regard qu'il pose sur moi me touche au plus profond. Lui aussi m'accueille d'une si gracieuse façon...

J'ai toujours rêvé cet instant-là, je l'ai toujours attendu, jamais vécu.

Il est là, maintenant.

Il y a la musique de Chopin qui se glisse dans la pièce, doucement.

Il y a de la grâce.

Cet instant est éternel.

L'image d'une plante me vient, ou d'un arbre, qu'on aurait tout juste planté. Sans doute parce que lui en a planté partout autour de la maison et qu'il me les a montrés.

Je pense à une graine bien ancrée dans la terre qui ne peut que germer parce qu'on l'arrose sans même s'en rendre compte.

Lorsque je suis arrivée dans cette maison, il faisait nuit.

Je me souviendrai toujours du moment où il a ouvert la porte et qu'apparaissaient là, en haut des marches, dans une jolie pénombre dorée et chaude, la silhouette et le visage bien distincts de son fils qui me donnait l'impression de m'attendre.

Il était là, debout, son visage était déjà lumineux et souriant. Un sourire d'ange timide et pudique qui mélange tout un tas de sentiments. Des sentiments emmêlés et forts que je sentais transpercer sa peau, ses yeux et ses cheveux derrière lesquels il se cachait un peu.

C'est drôle, il viennent de partir, ils sont sortis deux minutes ou plus, et ils ne se doutent pas qu'ils me manquent et que, s'ils s'éloignent, mon inspiration s'éloigne avec eux.

Tout cela est si frais, si beau qu'il y a toujours Madame la Fragilité qui pointe le bout de son nez comme une perfide inspectrice ou poseuse de questions. Elle a vite fait de chasser les ailes de ce moment de douceur pour faire place à des petites fêlures d'angoisse, surtout que le jour est en train de tomber…

Hier je l'ai vu tomber, le jour, enfin un autre jour,

mais j'étais avec lui, avec l'homme de mon bonheur, nous guettions les canards, pendant la « passée »…

S'il est là, tout est plein, tout est fluide, léger et intense, grave et drôle, fort et doux, profond, vrai, et plus je le connais plus je le reconnais, cet homme-là, puisque je l'ai toujours attendu.

Puis je réfléchis et je sors mes armes contre Dame Fragilité et je me dis que bien sûr tout va bien, ils ne sont pas partis, ils sont là, à côté, ils sont ensemble et peut-être heureux, et ils sont un peu tous les deux, sans moi, avec le chien, et ça doit leur faire du bien.

Et les revoilà…

Je les aime.

Je viens de lire ce dont je parlais avant d'écrire sur mon bonheur, et j'ai vu que je parlais de l'autre monde.

Je parlais du bonheur que j'espérais profondément sans oser y avoir droit.

Je ne savais pas que j'allais le rencontrer si vite, sur ma route.

Là, aujourd'hui…

Je l'ai trouvé.

Le
Bonheur

Table des matières

Direction d'ouvrage

Huguette Maure
et
Édouard Boulon-Cluzel

Mise en page
PCA
44400 Rezé

Achevé d'imprimer sur les presses de l'imprimerie Corlet

Imprimé en France
Dépôt légal : octobre 2007 – N° d'impression : 107772
ISBN 13 : 978-2-7499-0676-8
LAF 1001